Romanzi e Racconti   135

Di Enrico Brizzi
nel catalogo Baldini&Castoldi
potete leggere:

Jack Frusciante è uscito dal gruppo

Bastogne

Enrico Brizzi

Tre ragazzi immaginari

Baldini&Castoldi

http://baldini.mir.it   e-mail:baldini@mbox.mir.it

2ª edizione

© 1998 Baldini&Castoldi s.r.l.
Milano
ISBN 88-8089-455-2

A Cristina e Alessia,
per le buone giornate.
A Lorenzo Feelgood Marzaduri
per le notti di folgore al privé.

Indice

Chiudo gli occhi e li tengo stretti, spaventato da quel che porta il mattino, aspettando un domani che non arriva mai.
Nel profondo di me, ciò che mi lascia la notte è la sensazione del vuoto, e tre ragazzi immaginari che cantano nel mio sonno dolce di bambino.

The Cure, Three Imaginary Boys

Ci si dipingeva ancora la faccia, come nelle foto di marzo, ma la danza esauriva sui colli, con le bottiglie di lambrusco e le ragazze, fino alle ville, a San Luca. Le rivolte invecchiano tutti.

Gianni D'Elia, Gli anni giovani

Carnevale. Giorno primo
(Partenza dei carri)

L'ultimo carnevale dei ragazzi di via Andrea Costa aveva già intonato la sua canzone di guerra, signori. E su questo punto, tanto per cominciare, non c'era dubbio possibile.

Ciascuno di noi aveva tirato fuori i vecchi costumi esplosi. Se avete presente, vi sto parlando di mocassini in pitone, di camicie psichedeliche e braghe di yak, per noi maschi. Di sottovesti in seta, boa colorati e stivali da moschettiere – intanto che il mondo si faceva oscuro – per le ragazze.

Maschi e femmine. A proprio agio. Poiché s'era nel pieno d'una stagione ventosa, e ciascuno di voi, signori, l'ha conosciuta.

Se avete presente, vi sto parlando della gioventù, delle speranze e illusioni che da sempre la sostenevano. Dell'ignoranza e menzogne che, da sempre, la sostenevano.

Poiché era l'ultimo carnevale dei ragazzi di via Andrea Costa, ciascuno di noi allungava il collo, per mostrarsi all'altezza. Eravamo un immenso campo di grano. Magari i più vecchi, quelli in vista dei trent'anni, ondeggiavano meno, ma tutti, gioventù com'eravamo, si sussurrava che il futuro dovevi aggredirlo appena affacciava il muso preoccupato fuori dalla tana: coi telefonini? Coi ragionamentini? Con le parole belle, care ai maestri della pubblicità?

«Il vero significato di questo aggregarsi dionisiaco ci apparirà più chiaro poco prima di passare una certa linea invisibile!» poetavano i lirici alla cazzo di cane. «Nell'età del corpo in cui l'ipofisi secernerà la sostanza che rende malinconici e intorpidisce i desideri!»

Poveri storpi.

«Comunque, la data esatta non la sa nessuno!» li contrappuntavano gli umanisti del Costanzo Sciò.

«Rééégiz!, diamo tempo al tempo!» ti esortavano, alla grandissima, gli empiristi giovanili dell'ufficio politico regionale. «Fate pur conto che nulla di significativo accadrà prima di cinque o sei anni almeno!...»

«...Quando voi mansueti latiterete già!» sbananavamo nuèter dalle gradinate dell'old school, fra corni e sputi. «Ché tanto si sa già come finite: "Ormai, rééégiz, purtroppo ci si ritrova una famiglia in schiena! Figa, rééégiz, si sognava Jack Kerouac e invece ci abbiamo proprio le rate da pagare!..."»

Nuèter facce note dell'old school, in ogni caso, impermeabili agli argomenti degli stronzi, in via Andrea Costa c'eravamo tutti. Diversi da come ci vedevano quelli. In prima fila. Ché i coetanei ci rispettavano e gli juniores erano ansiosi di vederci trionfare.

L'ultimo carnevale dei ragazzi che noi eravamo – così era stato deciso dall'assessore di Bologna, dottor Pernice – sarebbe durato dal pomeriggio di venerdì al tramonto inoltrato della domenica.

«Non ci sarà, o cittadini, il minimo massacro!» assicurava il dottor Pernice dalle colonne residuali de Il Resto dell'Emiglia. «E anzi, con un pizzico di fortuna, già lunedì le scuole e gli uffici potranno riprendere all'unisono il loro normale fervore!»

Era proprio come i carnevali d'una volta, coi poveri trasformati in ricchi e i tagliaborse in sbirri. Sì, affezionati!, amici!, e la nostra musica a orologeria avrebbe nutrito i cuori e rinforzato il passo…

«Ecco lo sciocco trionfo della rappresentazione sulla sostanza!» strepitavano gli umanisti del Costanzo Sciò.

«No!, no! Ecco piuttosto la riscossa senza parole d'una generazione abbandonata dagli adulti!» pranavano dalla bocca gli empiristi giovanili dell'ufficio politico regionale.

(«Allora sei di destra, *Brizi*?»)

(«Sì!, sì! Cosa dobbiamo pensare, che sei di destra, Brizi?»)

A parte che secondo me scappellavano il cognome, pranavano e pranavano. E lo facevano, stolti, dalla bocca.

Ma intanto, le catechiste giovani si sarebbero abbandonate alla hard-core, avrebbero gustato per la prima volta un'estasi più borghese dell'adorazione eucaristica. E certi loschi in gabardine allo sbando, sconfitti dalla nostra musica a orologeria, si sarebbero imboscati nelle cabine telefoniche e avrebbero provato a organizzare la resistenza fischiando in codice, ai colleghi nascosti in ditta, gl'incipit delle romanze dei cantautori.

Poveri storpi in gabardine.

Per quelli che non erano interessati al nostro carnevale, teikitìsi: potevano pure starsene tranquilli a casa loro, che nessuno, dico *nessuno*, sarebbe andato a cercarli.

Quanto a noi facce note dell'old school, come immaginerete, non ci avrebbero fermato né le persone perbene a cui davamo più pensiero di tutto il resto, né i poveri loschi allo sbando coi colleghi nascosti in ditta, né due gocce d'acqua, né il parere sfavorevole del borgomastro.

Era stato il tuono dei cannoni che sparavano senza risparmio dal forte di San Luca, a dare inizio ai festeggiamenti del venerdì pomeriggio.

Il grande prato ai margini della periferia ovest dov'eravamo noi, era circondato da alberelli teneri e frondosi, da piante giovani che gl'inservienti del Comune dovevano aver accudito fin lì con istituzionale tenerezza. I cespugli erano folti anch'essi, e gli steli verdi più alti riuscivano a nascondere i carri, o almeno, la linea dei pianali e il profilo delle ruote dai grandi pneumatici scolpiti.

La volta azzurro intenso del cielo scompariva dal lato della fertile pianura, scompariva oltre il profilo ondulato delle alture, e in cima al colle di San Luca i cipressi piramidali che cingevano il forte ondeggiavano in un fruscio che alcuni di noi immaginavano simile al suono umile della risacca. Ma non doveva ingannarci, e noi, infatti, non c'ingannavamo: quel suono umile era una forma quieta del gigante, un'intonazione del suo respiro durante le quiete stagioni del riposo.

La falce della luna era già visibile nel cielo del tardo pomeriggio, levata sopra il colle. Più in basso, svettava una piccola stella col suo alone biancastro.

A mano a mano che l'ebbrezza aumentava, sempre più chiaro si faceva nei ragazzi il ricordo dell'ingiustizia originaria. Se avete presente, vi sto parlando di prosciugazioni e diktat, di desideri ridotti in opzioni pianificate e giustificate in corpo 14 dal pool di esperti dell'Informagiovani.

Sotto gli ultimi raggi di sole, le parti metalliche dei carri risplendevano. Quanti avevano mangiato in anticipo il corpo della musica, credevano di scorgere in essi una traccia sanguigna, una forma di spettri che s'allungavano, colando, fino a terra. Allora ci si chiedeva l'un l'altro, tremanti, indignati, come ci si sentisse vittime d'una strana truffa annunciata: «Cosa succede!» e «Perché i carri indugiano ancora!»

Molti di noi guardavano smaniosi la strada che doveva

condurci nel cuore dormiente della città. Molti di noi, vibrando nei pensieri deformati, ghignavano a ogni palpito di ciglia e s'immaginavano in armi, bellicosi come lucignoli in attesa.

Sul primo camion, avvolto dai pennacchi colorati dei fumogeni, aveva preso posto un nutrito manipolo di deejay di fama. Si sarebbero alternati alla consolle, e per le cinquanta ore a venire avrebbero mixato house per il gran seguito degli estasiati.

Uno sbandieratore a cavalcioni sul cannone, a torso nudo, lucido di grasso e sudore, l'amico di nome Nelson Centocapelli, stava annunciando a gran voce l'arrivo dell'ultimo carro. Potevi vederlo sulle dodici ruote, il colosso, che manovrava, reso lento dalla potenza, per mettersi in coda. Aveva, quel quarto prodigio, la forma d'un tank rivestito di frasche e stendardi rastafari: lungo la parte piatta del dorso, trasformata in trincea, una pattuglia di coraggiosi artiglieri stava approvvigionando a dozzine, di granate rocksteady e trip hop, l'immenso Montarbo.

Subito avanti a quello, una betoniera verniciata d'argento era pronta a impastare i suoni freddi della techno storica con le accelerazioni hard-core. Colui che aveva avuto la fortuna di salire nel cavo del gigantesco tamburo rotante come assistente al disc-jockey Tarsio, aveva già cominciato a distribuire le prime buste ricolme di sonagli e fischietti, le prime t-shirt commemorative, inneggianti a Re Carnevale, a deejay Bontempo, al giudice Guérin che avrebbe resuscitato per noi le parole delle antiche famiglie di Romans che 419 anni prima, per quindici giorni, avevano ballato a perdifiato, corso e gareggiato fra loro, contrapponendosi strada a strada, confraternita a confraternita, e poi, semplicemente, in seguito alla congiura di più demoni, avevano preso a uccidersi l'un l'altro.

Avanti a entrambi quei carri, c'era il vascello portoghese di cartapesta. Sul ponte di maestra, e fra i cordami, degli sciamani goahead, ombre rapide di uomini medicina, s'apprestavano a diffondere le intense illusioni della trance.

«Coraggio, ché si va a prendere la città!» gridarono alcuni, allorché il brontolio del tank riempì la pianura e rimbalzò, per un poco, contro l'altezza smisurata del cielo. Se ti voltavi indietro dal fremito delle prime file, potevi distinguere le centinaia e centinaia di braccia e mani esultanti, le spalle e i volti come onde di grano al vento nell'immensa distesa che noi eravamo.

Oh, affezionati!, amici!, se non volete credere a questo umile narratore, credete almeno alla gioia che ci saliva dentro.

«Lanciatemi una birra, fratelli!» strillò poi un tipo smilzo – poteva essere lo smilzo Marcellus – che s'era arrampicato non so come fin nell'intrico d'un tiglio e da quell'altezza diceva: «Sono quassù, guardate!, e ho tanto bisogno di bere, miei coglioncini!»

Qualcuno portò una scala per aiutarlo. Così, almeno, ci riferirono degli sbarbi bugiardi e approssimativi che venivan dietro, forse affinché non rallentassimo.

Anche i carri sputamusica mossero, infine, e noi, alle spalle e ai lati di quei colossi, spumanti di desiderio, spalla a spalla, prendemmo a incoraggiare i più giovani e cercammo il passo intonando i nostri inni di strada, intanto che la testa del corteo aveva già invaso la direttrice di via Palmiro Togliatti e costringeva i pochi automobilisti che ancora fingevano di non aver capito, a ripiegare per le vie minori, a deviare per laterali di muri bassi non trafficate.

Ed era magnifico sentirsi parte di questa cosa che seguiva la progressione di tetti, finestre e case – sciame di cani giovani e ragazze sostenuti dal ponte di suono dei carri ben distanziati.

Trascorsero venti minuti, a quel modo, spalla contro spalla, inno di strada dopo inno di strada.

Furono le tenebre, e dietro i carri in colonna noi risalimmo le vie Sacco e Vanzetti e Bandiera, prima di convogliare il nostro serpente di schiene e canti nel letto amico di via Saragozza.

Il soffio dell'ultimo carnevale fluttuava sopra le nostre teste, denso e indistinto come la coscienza del ragazzo che sogna. Amici forestieri e tribù amiche erano arrivati fin lì a celebrare, e la processione ci inverava: sarebbe venuto il momento per ballare in formazione e quello per riposare in solitudine – le schiene poggiate contro le colonne del portico, l'acqua fresca a portata di mano.

Ma adesso era il momento della pazzia, e noi facce note dell'old school trovavamo ovvio e giusto stracciarci le vesti mentre coi nostri carri spargisuono sfilavamo, per la prima e ultima volta a quel modo, lungo la via ammiraglia del quartiere.

A tratti, proveniente dal lato senza portico, potevi distinguere il canto degli uccelli notturni nascosti nel folto d'erba. Soffiava un vento tiepido, e le nuvolette e braci dei nostri cìgari correvano via disperdendosi nel cielo fermo della prima notte.

Carnevale. Giorno primo
(L'incontro di via Saragozza)

E venne il momento in cui il tuo sguardo annebbiato poté mettere a fuoco gli occhi gentili d'una femmina che, ballando, ti sorrideva.

Fu facile avvicinarla e non far domande, fu facile trascinarla per mano via dal corteo.

«Andiamo a prendere una birra?» dicesti. «Sto bruciando...»

Lei rise. Ma non ti disse di no.

I chioschi sorgevano a decine, sgranati lungo il percorso: vendevano bevande e focacce all'uvetta a prezzi ultralimati.

Con gli argomenti irresistibili del carnevale, strappare baci alle femmine più grandi diventava sul serio la classica cosa da ragazzi, una seduzione da muretto.

Beveste le vostre birre senza dire una parola.

Lei ti guardava e tu – cazzo dovevi fare? – la guardavi.

«Magari ha capito che sono uno dell'old school» ti dicesti.

Avevi quasi ventiquattro anni, dopotutto.

«Magari non l'ha capito, ma però le piaccio lo stesso.»

«Dissetante, eh?» le dicesti.

Che conversatore straordinario!

Lei rise.

E tu decidesti, pazzo!, che era venuto il momento di rompere le dighe. «Personalmente» dicesti, «io sarei uno dei pretoriani dell'old school.»

Fa' tè.

«Questa grossa iniziativa l'abbiamo organizzata noi.»

Ah, fa' tè.

«Tu comunque – non voglio sapere come ti chiami – saresti qui di Bologna? E... Studi o lavori?»

Ti sentivi una specie di gaucho. Magari, invece di temporeggiare con le domande, ti conveniva far fischiare l'aria roteando le bolas.

«Grazie per la birra» disse la femmina con gli occhi gentili. Di sicuro si comportava come un'adulta.

«Prego» dicesti. «Comunque, studi o lavori?»

«Lavoro» disse lei.

«Ah.»

«E tu?»

«Io? Sono un pretoriano dell'old school. Questa iniziativa grandiosa l'abbiamo organizzata noi.»

«Insomma, sei uno studente.»

«Be', sì. Uno studente pretoriano.»

(«Pretoriano? Ma allora sei proprio di destra, Brizi!»)

(Ah, fa' tè.)

«Non sarai uno studente di destra, spero...»

«Io? Impossibile. Tra l'altro non ci ho la patente e fumo due pacchetti di paglie al giorno...»

Probabilmente, detto questo, la colpisti al cuore.

La vaniglia la invase.

Catturata.

E senza nemmeno l'uso delle bolas...

...Affezionati!, amici!, se non volete credere a questo umile narratore, credete almeno alle seduzioni incessanti della vaniglia. Poiché fu certamente quest'essenza a cui son devoti i profumieri e i pasticceri, a suggerirle in che senso – sia come studente sia come pretoriano – avevo enormemente bisogno di lei.

«Vieni con me» le dissi. «Avanti.»

Lei rise. E non mi disse di no.

Allora fummo di nuovo nel cuore stesso della musica, nel bianco d'onda di braccia esultanti e occhi brillantini, di t-shirt aderenti come dipinte sulla pelle e sorrisi intatti di sbarbi, che nel battito maniscalco di Voodoo People, risplendevano.

Si ballava in questa vicinanza estrema, per salti, spin, passi di gru che erano le lingue di ciascuno nella giga.

Dopo un po' che ballavamo a quel modo, la femmina con gli occhi gentili sfilò via la sua felpa leggera e l'annodò sui fianchi, sciolse i capelli dall'elastico di spugna e lasciò che le ricadessero sulle spalle da adulta ben disegnate.

Cos'altro potevi fare? Sottrarti alla vaniglia?

Avete mai sentito parlare di qualcuno che c'è riuscito?

Fa' tè.

Leggetemi, o affezionati, tra le righe: il dolcificante naturale si mischiò al sintetico.

Non so se rendo.

Ogni volta che il bombardamento dei bassi diradava e dal Montarbo uscivano scintille e filamenti di suoni gassosi, girandole attorno, ogni volta che potevo, le sussurravo qualcosa. Aveva orecchi indimenticabili, leggiadri come un fiore, abbronzati e teneri, coi piccoli lobi che risplendevano solo di se stessi.

«Come vado?» le sussurravo. «Eh?»

Piroetta. Veronica. Passo dell'oca.

«Sto bèèène!»

Finto colpo di karàte.

«Aspetta!, aspetta!, guarda questo!»

Accenno di breakdance.

Smaniavo.

Avevo fatto il vuoto intorno.

M'era venuta una sete della madonna.

A seguire: numero di quello che porta a passeggio il cane. Passo del lavavetri. Arabesque. Piqué. Tutte le rimanenti diciassette figure del metodo Cecchetti. Boogie e bolero. Fandango. Charleston mischiato a conga. Malambo – il tipico ballo dei gauchos argentini, danzato rigorosamente da soli uomini su un ritmo vivace di sei ottavi. Rumba e pavana. Twist. Mossa del locomotore che si avvia. Numero dell'uomo in mare.

Avvitamenti. Cabrate e picchiate.

A un bel momento desideravo fermarmi, ma ci sarebbe voluta la contraerea.

Come quell'altra volta che siamo andati a ballare io, Monti e Kit, il figliolo del vecchio Marza, e io e Monti avevamo bevuto troppi caffè e per via dei fremiti il povero Kit aveva proprio dovuto portarci alla guardia medica...

«Che sete!»

Pedalata sul posto.

Se è come l'altra volta dei troppi caffè, potrei non avere più iride.

Passo dell'uomo che non dorme da quattrocento anni.

Quella volta dei troppi caffè cos'è che m'avevano dato, poi? Del Minias?

«Studi o lavori?» «Hai del Minias?» «No, no, sto bene.» «Sto bene, sto bene.» «Un caldo!» «Un freddo!» «È che mi sento la mascella... Non lo so, come in rilievo... Come ti posso dire... In rilievo...»

La mia nuova amica dagli occhi gentili mi salvò.

Difficile dire come, poiché il dolcificante naturale mischiato al troppo sintetico dovette allontanarmi, provvisoriamente, dalla comprensione dei dettagli. Ma per forse un minuto o due, o per un paio d'ore, forse, ebbi la sensazione che lei si lasciasse cingere la spalla col braccio affinché non cadessi.

Di sicuro, straparlavo.

Di sicuro ce l'avevo col mondo e le sue apparenti gerarchie: «Hai del Minias?» «Io studio e lavoro!» «Ho un brutto aspetto?» «Un caldo!» «Un freddo!» «È che mi sento la mascella... Non lo so, un attimino *sporgente*... Come ti posso dire... Mi spòrge?...»

Lei, ogni tanto, mi parlava.

Mi chiamava per nome e mi teneva in piedi.

Io le parlai del povero Marcellus che secondo me, povero, era ancora sull'albero, e i bolognesi perbene, intanto, al riparo delle persiane, spiavano giù in strada il corteo.

«Questa» le dissi, «*fratello*, è forse l'ultima inondazione di ragazzi e ragazze nella città a misura d'anziano!...»

La musica dei quattro colossi sputasuono faceva vibrare i vetri dei perbene e doveva rizzargli i capelli in testa.

«Hai del Minias?...» «Son pretoriano, io! pretoriano dell'old school!...»

All'improvviso, dopo alcune ore di marcia, divenni lucidissimo: ecco, adesso che si era al cospetto dell'antico arco daziario, guardando la protezione dei portici come li vedessi per la prima volta, credetti di distinguerne la stratificazione delle età e il loro succedersi, quasi custodissero il ricordo sognante di patrie dimenticate.

E poi, ligi e inconsapevoli, ci riversammo in piazza Maggiore, e fra gli effetti della vaniglia guardai i carri che, con lentezza, si dividevano. La finta caravella portoghese e la betoniera color argento manovrarono a ridosso del municipio, e poi, giunti a presidiare i vertici concordati, spensero i motori.

Anche la folla dei ragazzi s'aprì. E la prima delle due ali, seguendo le possenti illusioni della trance, andò a occupare la piattaforma di porfido del crescentone, mentre il seguito degli estasiati aveva già preso posto ai piedi della grande statua del dio Poseidon.

Il terzo carro, avvolto dai pennacchi dei fumogeni, chiuse, di traverso, l'imbocco di via Indipendenza, e i coraggiosi artiglieri che dall'alta schiena del tank ci proteggevano, come convenuto s'appostarono a difesa del Pavaglione.

Poi, all'unisono, i deejay fermarono i loro piatti d'argento, e le musiche dei carri sputasuono s'appiattirono in una frequenza monotona.

Sollevai lo sguardo fino all'orologio del Comune: segnava già, con mio enorme stupore, la quarta ora del mattino.

«Come sarebbe» domandai all'amica adulta che mi sorreggeva. Per qualche incomprensibile alchimia, lei appariva più fresca e più in forze di me.

Poi, i traccianti e i bengala, in rapide curve e cascate di lapilli, dialogarono con la cupola benevola del cielo. Finché i rintocchi a martello di Palazzo d'Accursio, gli stessi che dovevano aver chiamato a raccolta i padri dei nostri padri in altre epoche minacciose, non ottennero il silenzio.

Ecco, eravamo migliaia, ancora troppo confusi per capire, allorché i fari del tank illuminarono gli archi di Palazzo del Podestà nel loro vibrante cerchio di luce. Illuminarono un ponteggio, ricostruito in modo non diverso da quello che cinque secoli prima Carlo d'Asburgo aveva percorso, sovrastando l'immensa folla, per raggiungere la basilica ove Papa Clemente l'avrebbe incoronato imperatore.

Ma noi, all'estremità della passerella ricostruita, vedemmo invece Re Carnevale avvolto nel suo gabbano. Quel gabbano l'avvolgeva fino ai piedi, e sul capo d'ognuno di noi era caduto un immenso silenzio.

Presso il portale della chiesa di San Petronio, anch'essi sovrastanti la folla, credetti di riconoscere deejay Bontempo e il giudice Guérin. In piedi dietro la consolle, entrambi facevano cenno a Re Carnevale affinché, traversando la passerella, li raggiungesse.

Alto sulle loro teste, uno stendardo garriva. Ed era uno stendardo ben strano, colmo di toppe e ricuciture, su cui una scritta a vernice bianca diceva "Fuori da qui i cani, i fattucchieri e i corrotti. Fuori da qui gli omicidi, gli idolatri e chi ama e pratica la menzogna".

Ero stanco, e sentivo i brividi addosso.

Ero debole come un vecchio, sudavo. E il sudore, dal convesso della fronte, non smetteva di colarmi sugli occhi.

Credetti di distinguere ogni sillaba che, sullo strano stendardo, campeggiava a vernice bianca.

E poi, vinto da una stanchezza indicibile, immaginai, mentre mi sostenevo all'amica senza nome, di poter chiudere gli occhi un istante.

Quando li riaprii, un battito di ciglia più tardi, volgendomi in cerca del suo sguardo, signori, io trasalii.

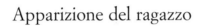

Apparizione del ragazzo

I

«Ciao» mi disse il ragazzetto. Poteva essere un cinno di sedici o diciassett'anni, ed era vestito con un niente – una
maglietta coi quattro Pistols e un paio di bermuda a qua-
drettini.

Con enorme stupore, compresi che era lui a sostenermi.
La mia amica senza nome dov'era?

«Ciao» gli dissi.

All'improvviso, mi sentivo bene e volevo vederci chiaro,
e quel ragazzetto aveva un'espressione talmente difficile da
ridire!... Sembrava colmo di speranza, e mi sorreggeva.

«Chi sei» gli dissi.

Era uguale a me. Solo, appariva d'un nulla più esile, e
giovane. Più aggraziato.

Occupava il suo spazio con l'incertezza dei ragazzetti a
quella stessa età.

«Io ti conosco» gli dissi. «I vestiti che porti» gli dissi, «fui
io stesso a comprarli.»

Il ragazzetto non rispose niente, e, solo, si strinse nelle
spalle magre da sbarbo.

«Avanti, rispondimi» l'invitai.

Quello continuava a sorreggermi e basta. Comunque, ti
pareva di riconoscerlo, il luogo storto del suo imbarazzo,
poiché c'eri stato tante volte anche tu, da adolescente. Era un
posto, alle volte, tutto storto e buio, e a camminarci in mezzo

ti potevi spaventare. Quegli spaventi, adesso, non li avresti augurati a nessuno.

«I miei vestiti» gli dissi, «puoi pure tenerli. Anzi, te li regalo.»

«Grazie» rispose lui. Mi guardava con occhi scintillanti.

«Come hai fatto a trovarmi?»

«Oh, lo sai quanto me» rise, nel modo furbo che gli sbarbi, a volte, sono costretti a simulare.

Ne avrete conosciuti, immagino. Sarete stati sbarbi anche voi. Poiché cos'eravamo, noi, da ragazzini? Voci. E teste esposte. Di viaggiatori in miniatura sotto un sole freddo. Capirai, potevamo pure morire! Non ci si chiedeva questo, continuamente? Non lo vedevi scritto con gli uniposca su tutti gli zainetti?

E i nostri profeti, la lucertola Morrison e l'albatro Baudelaire, non ci parlavano di questo?

Avevamo braccia esili, e anche le nostre gambe lo erano. Nella testa, rimbombavano le voci degli adulti.

Non era nemmeno tanto chiaro se qualcuno dei parenti stretti sarebbe venuto a salvarci oppure no, nell'estremo pericolo. Tutto questo, da ragazzini, lo annusavamo, capaci di quel fiuto che hanno i cuccioli abituati a scappare.

Quel poco che sapevamo non ci consigliava nell'esilio, nel mimetismo, nell'astuzia?

In classe, alle medie, non avevate anche voi quelle compagne che un anno sembravano vostra nipote e in quarta ginnasio, coi reggipetti imbottiti e il trucco hollywoodiano, una vostra zia giovane, sempre in ferie, che vive in un'altra città?

Non avremo mai più, come esseri sognanti, mani altrettanto prensili e desiderose di far bene, labbra altrettanto tumide e lingue in ascolto, o protese come nella bocca dei Rolling Stones.

«Oh, lo sai quanto me» ripeté lo sbarbo. «È bastato camminare incontro al cuore stesso della musica.»

Quella stupidaggine da ragazzetto mi costrinse a ricordare. Il ragazzetto aveva ragione.

«A te» gli dissi «ti vedo lucido come nessuno.»

Lui rise, e lungo un battito di ciglia non ci fu tempo per nient'altro che non fosse quello splendor di denti. Poi d'improvviso, deejay Bontempo impose le mani sui piatti Technics, e i dischi mandarono fuori la loro sequenza razionale di breakbeat. Subito, tutt'intorno, l'immensa folla cominciò a saltare a tempo, quasi riconoscesse in ogni giro la logica conseguenza del giro precedente, come s'aprissero i lucchetti a liberare le parole d'ordine.

«Ti scoccia se parliamo un po'?» mi domandò lo sbarbo. «Ero qui coi miei amici» disse, «e a un certo punto, non so come, li ho perduti…»

«Quelli li ritrovi domattina!» risi. «Di che ti preoccupi? Ti aspetteranno seduti sulle panchine dei giardini. A porta Saragozza. È lì che si trasferisce il carnevale. Comunque, parlare non mi scoccia. Anzi… Sai com'è» gli ghignai da molto vicino dando segno di riavermi. «Fino a cinque minuti fa m'era venuto il collo debole ed era come avessi la testa invasa di gas, ma adesso che son guarito» volli dirgli, «uno scambio d'opinioni, quasi quasi lo *scambierei*.»

Il ragazzetto era sveglio. «Ma infatti!» disse.

«E allora coraggio» lo invitai.

Non avevo bisogno di fare domande per sapere dove voleva andare quel me stesso di forse diciassett'anni. E in un certo senso, fu proprio lui a guidarmi.

Sotto l'ombra del tank, e sotto la campana accogliente dei suoni giamaicani, per un poco muovemmo i nostri passi. Come danzatore, tecnicamente ero meglio io, ma lui, magro

magro com'era, se anche non sapeva tanto fare, non aveva bisogno d'altro, perché risplendeva, e le sue gambe secche non tanto dovevano seguire la musica, ma la facevano esistere.

Io ero costretto a seguirla, ma lui la faceva essere.

Dopo un po' ci fermammo, e io estrassi paglia e cartina, mezza noce di primero e l'accendino. Coi palmi che andavano da dio cominciai a sbriciolare, e poi chiesi: «Hai mica un biglietto del bus?»

«Io vado esclusivamente in bici» disse il pazzo coi miei vestiti addosso. «Niente biglietto, mi dispiace.»

Mi strinsi nelle spalle, e già che avevo assunto la concentrazione d'un disinnescatore, m'arrangiai da me. Il ragazzetto mi guardava e basta, e quando smetteva di guardarmi, vai a sapere se per imbarazzo o che, si limitava a muovere dei passetti sul posto, piano piano, dietro la voce arcaica di Desmond Dekker.

Stavo giusto ultimando la rollata, e la canna aveva un aspetto di compiutezza esaltante. Era perfetta, cazzo. Né troppo conica, né troppo sottile, di poco più lunga di una paglia normale, appariva sotto innumerevoli profili una specie di fiabesco sigaro marocchino.

«Accendi te, va' là» gli dissi. «Guarda cosa non t'ho fatto con queste mani!» Lo stavo semplicemente invitando. Non volevo umiliarlo. Al pazzo che indossava i miei vestiti, gli diventarono le orecchie tutte rosse. Comunque, non disse niente e non fece un gesto.

«Allora?» gli dissi. «Eh?»

Niente. Solo queste due orecchie che andavano a fuoco.

«Ah, fa' tè!…» pensai. Ero sempre lì che non capivo tanto bene e gli porgevo il sigaro fiabesco segno del mio rispetto.

A un bel momento che stavo lì col braccio, quello dovette cercare la sua voce meno da geppetto possibile e proprio mi disse che si sentiva un po' a disagio, e insomma sì, per quanto lo riguardava, fumare... non fumare... Ecco, lui preferiva non fumare. «Tutto qua» disse.

«Cioè?»

«Capo, non mi va.»

Io risi, ma non avevo nessuna intenzione di offenderlo. «Non è mica grave» dissi. «Anzi, non è grave per niente affatto.» Comunque, le orecchie gli ardevano ancora da matti quando disse: «Praticamente, a livello ideologico, sarei uno straight edge.»

Aspirai una prima voluta e poi una seconda. «Guarda» dissi, «che io ti capisco.»

Il buon suono di Mother Pepper cantata da Desmond Dekker andava e andava, sotto il riparo del tank, e mentre il mare di grano attorno a noi lentamente danzava, piano piano, accompagnati dall'onda che s'allungava e si ritraeva, presi nel flusso morbido dell'allegria, e di forse un paio d'altri cento sentimenti che dopotutto potevo non capire, va' a sapere come, slittando senza fretta, col ragazzetto che faceva da apripista, trovammo un posticino.

Fummo fuori dal campo, così, e quando mi voltai indietro, la distesa di grano era come la vedessi dalla prospettiva d'una collina, ma era strano, perché la via San Felice era tutta in pianura e la musica, adesso, arrivava attutita, quasi fosse sommersa.

«Fa caldo» dissi, «per essere in marzo.»

Il ragazzetto che mi conduceva sotto l'ombra del portico fece sì con la testa e poi trovò una specie di scalino su cui sedere. Non era propriamente uno scalino, se mai uno zoccolo di pietra alto due spanne e profondo altrettanto, che rifiniva un arco d'ingresso chiuso da un austero portone, e poiché il ragazzetto m'invitò col palmo, anch'io sedetti, poggiando contro il legno la schiena.

Sedendo, mi sentii in pace, e per un po' allungai le gambe e finii di fumare il joint.

Chiusi gli occhi, e dopo aver trattenuto il fiato soffiai dal naso l'ultima nuvoletta odorosa d'Africa. La quiete e l'ombra del luogo mi confortavano. Di cosa, poi, lì per lì dovette sembrarmi troppo complicato da domandare. «Com'è che ti chiameresti, te?» domandai invece al ragazzetto silenzioso che mi sedeva accanto.

«Lo sai» disse la sua voce limpida che usciva dalla rosa del palato.

«Lo so?»

«Sì.»

Tenevo gli occhi chiusi, e invece di pensare il solito fa' tè, e invece di provare a ghignare, o pizzicargli la spalla, provai un brivido che chiunque di noi ha provato, o è destinato a provare, avvicinandosi – vi chiedo scusa, signori – alle cose ultime.

«Non farmi gli indovinelli» dissi. «Non adesso, e non a me.» Pensai che se magari aprivo gli occhi e mi mettevo a fissarlo in un certo modo, gli avrei rivisto le solite orecchie in fiamme. Però non ero tanto sicuro, e, nel dubbio, continuai a restare nel mio buio.

«Il fatto è che quel giorno» si limitò a rispondere il ragazzetto, «a furia di correre dentro la ruota m'era venuto un bel mal di testa.»

«Che ruota?» dissi.

«Lo sai» rispose.

Ormai aveva attaccato questa solfa di lo sai, lo sai... Pareva matto, accidenti, e io, di solito, coi matti mica ci parlavo.

«Tutto sembrava finto, no?, ed era il primo giorno di

scuola. Te lo ricordi com'è il primo giorno di scuola, quando sei fra i diciassette e i diciotto, a settembre, che tutti ti rompono le scatole e la gente, in classe, poiché nel frattempo è cresciuta, è più fasulla dell'anno prima ma però ci ha già i suoi progetti, tutte quelle cose belline che ti raccontano ai corsi d'orientamento organizzati da Cielle, oppure sentite in casa dal babbus ingegnere, questi adulti un attimino quadrati, un attimino previdenti, un attimino petomani… Lo sai, no?»

«Hai voglia» dissi. «Conosciuti molto prima di te. Va' avanti, che non mi annoi…»

«Per dirla tutta, era proprio il primo giorno di scuola e sembrava fossero passati anni, invece di una semplice settimana, da quando inforcavo la bici e pedalavo solitario verso i colli, quando l'unica preoccupazione era eludere la sorveglianza materna. Mia madre chiedeva un po' troppo spesso se mi sentivo pronto per l'incombente stagione scolastica, pur sapendo che non maneggiavo libri di testo da un mese di giugno ormai più lontano, pareva, del Concilio di Trento.

«Ti farebbe mica male, un ripasso dell'età di Tiberio» mi diceva, ancorata com'era alle vecchie superstizioni, al suo passato d'insegnante di lettere. «E una versioncina di Sallustio?» gridava dalla finestra mentre ero intento a ottimizzare la pressione delle gomme all'atala tour giù in cortile. «Credi ti darebbe i capogiri?»

Splendido com'ero, riuscivo a perdonarle anche le evocazioni più sciagurate. Non reagivo nemmeno quando nominava, a mo' d'uomo nero, lo scapolo elettrico che insegnava matematica. Lo odiavo, quello. Odiavo la mano pelosa con cui tracciava sulla lavagna graffiti da egittologo, il sorriso lento con cui, girandosi ad accarezzare la classe, diceva: «E adesso, amici, sorteggiamo chi è che viene a risolvere l'equazione.»

In fondo, bastava fingere di non aver sentito, alzarsi sui pedali e puntare i colli dove, dicevano, non c'era legge.

In quella meraviglia vegetale era facile rimuovere l'eco delle raccomandazioni e ti bastava aspettare il sole di mezzogiorno per liberarti dalle ansie, per far scomparire le aspettative che i parenti stretti ti proiettavano addosso come ombre gravi.

Quel che andava a cominciare, per me era l'ultimo anno di scuola, e speravo in maniera assai vivida che l'estate avesse operato uno dei suoi miracoli, tipo trasformare qualche ginnasiale promettente in femmina giovane con tutta la panoplia delle femmine giovani.

Quel giorno, dopo tutto il movimento cricetico dentro la ruota filosofica che perennemente gira, non sentivo più nessun fremito còrrere sottopelle, nessuna emozione mi spingeva avanti, e mai come ora che intravedevo il traguardo della matura, insisteva su me l'effetto imbambolante della centrifuga.

Durante la prolusione augurale in aula magna, forse ipnotizzato dalla cravatta finto reggimentale del preside, non riuscivo a provare nemmeno la voglia di danneggiare qualche arredo tipica dei miei coetanei: silenzioso, maledicevo me stesso, il momento in cui avevo comprato il biglietto per Noia e Ragionevolezza, i due autobus gemelli con destinazione la Maggiore Età.

E se qualcosa contribuiva a tirarmi su, era solo la visione della mia povera classe coventrizzata. Sì, erano proprio i miei compagni devastati a ridarmi il sorriso, era la gradevole sensazione che molti di loro fossero ancora più indecisi e spaesati di me: frignavano già ai tempi vecchi, quando si faticava sui libri per terrore dei professori o ritorsioni familiari, o addirittura per orgoglio, e adesso che eravamo quasi maggiorenni e un quattro a lapis rosso non faceva più piangere nessuno, avevo la sensazione che non sapessero dove indirizzare le energie sottratte al ministero, incapaci com'erano di dare profondità al tempo ritrovato.

Pompavano ogni traccia di passione fuori dai loro pomeriggi opachi, con lo scopo di creare il vuoto pneumatico illustrato così bene dallo scapolo elettrico nelle ore di fisica, dal suo sguardo di magister a corrente alternata che gli antichi volevano specchio dell'anima.

Mica tutti erano così traboccanti di vuoto, comunque: c'erano anche teste fiammeggianti come Depression Tony, che passava i pomeriggi in compagnia di Three Imaginary Boys dei Cure, e c'era anche Helios Nardini che dialogava ore e ore con Stato e Anarchia di Bakunin e amava definirsi un onanista insurrezionale.

E c'era anche chi risorgeva a mezzanotte da una cantina insonorizzata con le confezioni di uova, come quel kranio fosforescente del vecchio Hoge, l'unico uomo al mondo persuaso – ti giuro, ci vollero mesi per convincerlo dell'errore – che la dizione esatta di blue-jeans era blugìnx, con la inx finale.

Non era questione di musica, filosofia dell'onanismo insurrezionale o desinenze in ìnx. Non solo, se capisci cosa intendo.

Quel che mi faceva disprezzare la maggioranza coventrizzata, era l'indifferenza testarda verso le cose del mondo reale: che il Paese fosse in mano a craxi o al soviet, che prendessero il potere gli ayatollah cattolici o i boiachimolla, per loro non era un problema. «Tanto» dicevano pavidi, «a me la politica mica m'interessa. È roba sporca, quella. L'importante è che lascino parcheggiare vicino alla scuola.»

Per quei coventrizzati che non alzavano mai la voce, la giovinezza s'esauriva nel rituale xerox di giornate identiche, così che i nipoti dei gappisti e degli arditi s'ubriacavano con le emozioni decaffeinate della gita scolastica.

Quel che mi metteva davvero paura, una paura blindata e senza buco per la chiave, era vedere certi amici miei approdare con cinque anni di ritardo nel porto fluviale della maggioranza rasa al suolo. «Potevano farlo in quarta ginnasio» pensavo sempre, «magari a frequentare il gregge fin dall'inizio diventavano pecorelle in vista, o addirittura border collie incaricati di tenere unito l'armento…»

Così, invece, mi pareva più che altro una vergogna… che tragedia aspettare i diciott'anni per ammainare la bandiera nera e chiedere asilo fra gli stronzi.

Ludwig Necci, per esempio, non sfoggiava più lo splendido taglio da geometra assassino con cui aveva fatto tanti progressi fino alla seconda liceo: quest'anno aveva i capelli semilunghi tipo skipper e una ridicola casacca da polo.

«Che cavolo gli è successo al povero Necci?» c'informavamo noialtri, voci dal sottosuolo. «Pare diventato il pastorello dormiente del presepe.»

«Non lo sapete?!» sussurravano di rimando certe gole più profonde. «Il povero Necci ha venduto l'anima in cambio d'un invito alla festa della solid body Flavia Maria Ferri. Dovevate vederlo come sorrideva e agitava le zampine, imbalsamato nello smoking preso a nolo!…»

«L'han drogato!» protestavamo noi della vecchia guardia. «Ma se l'han drogato, non vale!» Eravamo increduli e disperati: «No!, no!, se fosse stato lucido, il Necci non avrebbe mai accettato!»

«E invece è andata proprio così» sillabavano in cadenza solenne le voci profonde che non temevano smentita. «Ora il povero Necci è il solito pentito, l'ennesimo stronzo che l'angelo della morte ghermirà nel sonno scambiandolo per un fichetto che ha deciso di vestire sportivo.»

«Ma quale pentito!… E di che, poi!… Siete sempre esa-

gerati» veniva a belarti il pessimo Necci mentre dal suo stra-
scico di paglia s'alzava un robusto fil di fumo. «Solo perché
non seguo più la scena pànkrock come un tempo?» belava.
«Solo perché gioco a tennis con i figli dei massoni e corteg-
gio le principessine fasciste?»

Forse, solo gli occhi dell'Iscariota erano stati in grado di
emanare, al tempo del supremo tradimento, una lucentezza del
genere. Solo la balbettante cantilèna aramaica del Venduto
aveva raggiunto simili picchi di risentimento. «E poi l'adesivo
con la celtica – va be', régiz, va bèèè – l'ho attaccato sul pàra-
bro solo per non offendere la mia nuova fidanzata Maria
Stuarda!… Lo sapete benissimo che non ci credo veramente!… Cos'è, adesso uno è colpevole di coltivarsi la sua donna?»

«Vattene.»

«E dài, régiz… Va bèèè, régiz!, va bèèè!…»

Fortuna, pensavo io, che all'uscita avrei potuto correre
incontro alla mia Chiara.

Chiara era meravigliosa, aveva sedici anni e da seduta ne
dimostrava venti. Quando camminava per strada, slanciata
come una vergine divinità boschiva, avresti potuto dargliene
addirittura ventuno o ventidue.

Chiara aveva il padre di Bologna, la madre tirolese, e
ricordava fino al delirio la giovane Bianca Jagger, per lo
meno nella foto che m'aveva mostrato il vecchio Hoge nel
libro con illustrazioni Su e Giù coi Rolling Stones.

Poi, va be', all'uscita Chiara non c'era, e io l'aspettai
come un pinolo sotto il portico ormai vuoto delle due, e poi,
come il pisquano, appiattito contro il muro al sole delle due
e tre quarti. Stavo malissimo. A un certo punto volevo ucci-
dermi, o uccidere per lo meno il vecchio Necci. Sapevo dove
abitava. Conoscevo le sue abitudini. Magari se lo colgo di
sorpresa, pensavo… Ero a pezzi, régiz…

Poi, per fortuna, lei si fece viva con me nel pomeriggio, e non era solo un effetto elettroacustico che sviluppava dal ricevitore: «Scusa per oggi» mi disse in modo soave. «Mamma ha insistito perché l'accompagnassi dal dentista. È stata malissimo coi denti, questa notte, ed era giù un casino perché non ha chiuso occhio.»

Allora mi sono anche un po' commosso, e un istante dopo, subito pentito, ché avevo pensato male mentre lei si batteva come una tigre a favore delle gengive della madre!

«Una volta, in montagna» le dissi – a quel punto ero talmente preso dalle disgrazie di chiunque che avrei potuto raccontarle qualsiasi cosa, pur di partecipare alla sua preoccupazione – «ero sullo skilift e il maledetto volante m'è sfuggito da sotto il culo. Son caduto e ridevo, ma quell'aggeggio ha rimbalzato come una molla sulla neve beige e nel risucchio della fune non ti va a centrare di nuca piena mio fratello? Ahó, uno sbrego dietro l'orecchio che gli hanno dovuto mettere tre punti. Un dispiacere, lì per lì… Gli ho tenuto la mano tutto il tempo. Poi, va be', era pure colpa mia… Comunque, ti capisco. La solidarietà per chi non sta tanto bene e tutto quanto il resto, voglio dire.» Mi stavo confondendo, ma non volevo darlo a vedere. In ogni caso, Chiara, all'altro capo del ricevitore, aveva riso, e io mi sentii fiero come se l'aria intorno fosse diventata improvvisamente sottile e più azzurrina, con gli odori buoni che attirano le ragazze abituate a vivere nei boschi. La immaginai come un cigno, circondato d'erba fresca sugli argini profumati, intanto che io la spiavo, vestito di tutto punto, da una frasca.

Comunque nel prosieguo della telefonata si stabilì che ci saremo rivisti venerdì sera: anche lei aveva voglia di aggiornarsi sui miei muvmàn settembrini, e io ero riuscito a strapparle la promessa che a sentire i Pogues alla festa dell'Unità saremmo andati insieme.

Quel venerdì sera.

Il cigno e io.

Vestito di tutto punto.

Da soli.

In mezzo all'erba fresca.

II

L'appuntamento era per le venti precise alla fontana dei giardinetti. Chiara arrivò con ventitré minuti di ritardo, ma perdonarla fu facile come per Pietro l'Olonese assaltare, dalle parti della Tortuga, i vascelli del re di Spagna.

I suoi jeans erano tagliati sopra il ginocchio, e il maglioncino leggero bianco, e i bei capelli partiti al centro sul volto abbronzato si fondevano in una visione sensuale e policroma capace di abbagliare i passanti e tutti i Kenzo pour homme e le signorine Anaïs del centro storico che indugiavano su noi – va be', su *lei* – con la coda dell'occhio.

Giusto il genere di visione capace di gonfiare d'orgoglio e speranza il petto del sottoscritto.

E prima del concerto eravamo andati a mangiare. Una cosa da niente, tipo fast food.

C'è stato un attimo, mentre aspettavamo il nostro turno dietro certi faraoni di Cesena indecisi sul menu, in cui mi sono pentito di aver speso i miei soldi per accaparrarmi tutti i vinili disponibili dei Negu Gorriak e la penultima copia di Who's Got the 10 1/2. Se non avessi lasciato tutti quei bigliettoni oltre il tunnel di Underground Records adesso avrei avuto il cash per portare Chiara a cena in un posto carino, al ristorante o almeno sotto una qualche veranda d'osteria. «Ma poi, a ben vedere» calibravo come l'Indemoniato Sfighè, «alla fine del concerto Chiara vorrà andare subito a casa, e i Black Flag, invece, mi faranno compagnia fin dopo l'alba. Per anni e anni.» Mi sentivo abitato dallo spirito d'un contabile subnormale.

Be', fu solo un attimo, perché poi i faraoni di Cesena parvero decidersi per un panino mare e monti – pane al sesamo, lattuga, porcini, fontina, gamberetti e un poco di sauce tonnée, e Chiara mi sorrise, e io guadagnai la cassa per l'ordinazione, e tutto il cazzo di ristorante tornò a risplendere, quasi fosse illuminato dal sorriso di lei bianchissimo.

Mentre chiacchieravamo seduti ai lati opposti del tavolino di fòrmica, continuavo a guardarla. A volte, negli occhi; più spesso, guardavo le sopracciglia. Erano stupende, così marcate e sottili sul brunìto della pelle.

Facci caso, alle sopracciglia, se capita di sederti da McDonald's con una ragazza un po' tirolese che è appena tornata dalle vacanze: quelle sopracciglia ti stupiranno, vedrai. Ti sussurreranno cose che neppure immagini, se sarai paziente e le ascolterai.

Oh, sul serio, adesso ero contento come il Santo Pinolo, di starmene lì seduto davanti ai suoi racconti delle vacanze, contento di mangiare persino lo splendido macinato e la sottiletta color dell'ocra.

Quel cigno e io. Soli. Sprofondati nella vicinanza, aspettando di vedere i Pogues.

Più masticavo, e più i suoi occhi mi masticavano.

Più fissavo la sua bocca e la sua sottiletta color dell'ocra, più quell'ineccepibile e vibrante quadrato di formaggio mi fissava.

Più cresceva la consapevolezza che il 1992 non m'aveva ancora riservato sensazioni altrettanto appaganti, più mi veniva voglia di mangiare dell'altro splendido maciné.

All'improvviso, era come se il vecchio contabile m'avesse proprio abbandonato. Però, il subnormale era rimasto.

Colui che era rimasto, soffiandomi all'orecchio nel suo magico cannello di Murano, voleva spedirmi in visita negli anni Cinquanta, e io, ovviamente, travolto com'ero, mi lasciavo fare.

Per un attimo, riuscii solo a immaginare che avremmo ben figurato in certi film con protagonista Jerry Lee Lewis, in cui i ragazzi portano fuori le ragazze e prima si radono e si mettono la brillantina e meditano sul da farsi ascoltando You're sixteen, you're beautiful dalla radio a valvole di bachelite.

Be', in quei tipi di pellicole, intanto va da sé che avrei avuto la patente, poi una Buick decappottabile dove ospitare la ragazza, e di sicuro con Chiara, che nel film originale avrebbe assunto il nome di Lou-Anne, saremmo finiti in qualche cinema all'aperto dove avremmo incontrato i nostri amici, dei fans di Lupo Solitario coi quali parlare brevemente di sport popolari laggiù nel Tennessee.

Al momento opportuno, le avrei sussurrato: «Abà bamba luma a blam bèm bòm!» e Lou-Anne, ben comprendendo che stavo parafrasando Little Richard, avrebbe subito insistito per appartarsi in un campo di girasoli un po' fuori mano che io conoscevo bene, poiché mi ci allenavo solitario quando m'avevano ingiustamente escluso dalla squadra di baseball accusandomi d'un furto.

Poi, anche il soffiatore nel cannello di Murano sarebbe svanito, grazie a dio, e noi avremmo trovato posto sul bus speciale per il Parco Nord, lesti a occupare i nostri seggiolini lungo la fiancata: io ero davanti e stavo girato verso Chiara, il braccio poggiato sullo schienale. Finché non è salita troppa gente, mi vedevo riflesso nel vetro delle portiere: l'adesivo "Non sostare sulle pedane" copriva gli occhi e proteggeva il mio anonimato come le strisce nere della censura i primi piani dei giovani delinquenti.

«Questi Pogues» avrebbe chiesto lei. «Cos'è che signifi-cherebbero, poi? Timonieri? Minatori?»

E io, con la massima delicatezza possibile, avrei dovuto dirle la verità, ché Pogues era una specie di contrazione di pogue mahone in gaelico stretto, ossia, baciami il culo. «Baciami sulle natiche» avrei tradotto per lei.

«Caspita!, una parola così breve per un concetto tanto assurdo!»

«Be', per dirla tutta, loro usano la contrazione. Sai, ci sono dei problemi di censura. Allora, diciamo che in italiano, rispettando la contrazione, il significato sarebbe "baciami".»

«*Baciami*?»

«Sì. Baciami. Semplicemente.»

E poiché lei non avrebbe fatto smorfie, né battutine né niente, allora avrei pensato che nonostante l'invito a cena proletario, i faraoni di Cesena e l'autobus stipato al massimo al posto della Buick, in fondo in fondo a lei non dispiaceva d'essere uscita con me.

III

Avrei voluto ringraziare Chiara di essere così bella e abbronzata e gentile, e di non essere una di quelle minorenni che, anche se erano davvero carine (o belle, o addirittura meritevoli), si deturpavano col maquillage e masticavano la cìcles a bocca semiaperta, e ridevano in modo un po' sguaiato.

Quand'ero pulcino ginnasiale, c'erano mattine in cui il gelo inibiva l'uso dell'atala tour e io montavo trafelato sull'autobus di via Saragozza: mi stringevo fra le bandane colorate e le scarpe a piattaforma, i pendagli a succhiotto e gli altri gadget delle ragazze dirette alla scuola per ragionieri.

Quasi quasi ti mettevano in soggezione, intanto perché erano troppe, ché fosse stata una da sola potevi pure guardarle il culo e fare il pinolo aggressivo e gentiluomo di quattordici anni, stretto fra l'obliteratrice e il posto libero, che a quella da sola avreste ceduto comunque.

Così, invece, era un attimino complicato. Intanto, centosettanta contro uno. Loro con le bocce già sviluppate e voi no. Loro coi bomber, che intozzavano senza rassicurare un cazzo. Più alte di un palmo e mezzo per via degli zatteroni da sbarco.

Voi, fra l'altro ci avevate i capelli tagliati corti e le labbra da uomo, loro, invece, dei gran capelli ramati, o permanentati, e delle bocche color rosso vernice non più viste, carnosissime e protese che già quelle da sole ti mettevano in agitazione. Poiché erano della ragioneria, da sei mesi uscivano tutti i sabato sera e voialtri pinoli no. No, per un cazzo. A letto come Socrate. Alle nove e tre quarti. E sveglia alle sei per ripassare. Senza caffè, che poi ci si agitava e impappinava. Un inferno. Queste già a momenti scopavano coi ragazzi col carré e voialtri ci avevate i capelli tagliati corti.

E anche a livello di zainetti: non c'era gara.

Voialtri col jollinvicta stipato di libri e con solo delle scritte a pennarello semplici semplici firmate da Malcolm X o Elvis Presley, loro, invece, con le Mandarina duck customizzate di peluche, coppie di scarpe nane e trasferelli col primo piano di Bon Jovi e scritte fosforescenti Giampaolo sei sano e Mauri T.V.T.B. siglate con la tripla x.

Le baccanti quindicenni viste da un quattordicenne producevano paranoie a trecentosessanta gradi. Oppure ti facevano pensare che stavi sbagliando quasi tutto. E di sicuro, non ti lasciavano indifferente: lo capivi che quelle erano femmine vere, non come le statuine della classe tua, e di sicuro non potevi permetterti di fissare centosettanta culi contemporaneamente senza un revolver in mano.

Sarò reazionario o pinolo o quel che ti pare, ma sullo stile da tenere agli appuntamenti galanti vorrei non transigere. Non ho pudori – poiché non si tratta di essere formali, non è questo – a uscire in variopinta brigata coi crestati amigos, a urlare ubriachezze filosofiche e insulti, ma quando si parla di appuntamenti galanti, certe stronzette è meglio mollarle. Tipo 'ste qui molto minimaliste che usano un gergo sorpassato; o le troppo annebbiate che poi vi si rotolano per terra in solitaria perdizione lasciandovi sgomenti; o le altre che sul più bello fingono di non sapere cos'è un appuntamento galante – le peggiori, specie quando stupiscono delle vostre legittime richieste una volta che le avete scortate fin sotto casa; o le più sciocche di tutte, quelle che:

SE LO FA UN MASCHIO,
PERCHÉ CAZZO
NON POSSO
FARLO
IO?

Sarò anche un dissidente maschilista di diciotto anni con trascorsi cattolici, mica lo nascondo. E sono io il primo a dirlo, che i miei complessi escono in rilievo come le vene del junkie, ma mi si dia retta, per una volta: quando hai voglia di organizzare un appuntamento galante, ci si tenga lontani dalle stronzette di cui s'è detto, e si diffidi anche delle vegetariane, specie se portano il maglione andino allungato a coprire un sedere che con ogni probabilità sarà fasciato da mutande giganti.

E si evitino come la peste bubbonica le potnie dark e metallare in fuga dall'ex fidanzato tipo Claudio Amendola in Meri per sempre: nove volte su dieci, vi romperanno i coglioni tutta la sera con racconti di viaggi mistici fatti e da farsi, balbetteranno infelici di determinate case occupate da presunti amici. 'Ste qui bevono e fumano volentieri, ma le corde del borsello non le sciolgono mai. Eventualmente, mendicano paglie con fierezza. Se la menano tutto il tempo con quanto sono aperte e libere, però se provate a baciarle ritraggono le labbra pittate di nero e subito v'accusano di non capire la differenza tra un rapporto di amicizia, un sodalizio intellettuale ed altro; oppure scoppiano a piangere, confuse come sono, e dopo tocca soccorrerle, fingersi comprensivi e pagarle il taxi.

Fighe di legno, dico io. Fighe d'amianto.

Per tutto questo e altro ancora, al concerto dei Baciami era molto ma molto meglio presentarsi con la maglia da calcio dell'Irlanda e una ragazza un po' tirolese come Chiara, anche se c'era bisogno, alle volte, di spiegare persino le cose elementari, ad esempio che quella sera non avrebbe cantato Shane MacGowan: dopo i collassi sul palco oramai era stato allontanato dalla band, e i bene informati lo dicevano poeta mendico in quel di Londra.

Purtroppo, anche il sostituto di questi, Joe Strummer, aveva mollato il colpo.

«Allora chi canterebbe, scusa?» mi domandò Chiara, sottovoce, per non farsi stanare dal resto dei fans in maglia verde stipati sull'autobus.

«Spider Stacy» risposi io, facendo un figurone della madonna, che poi l'avevo saputo quel giorno stesso, con stupore, studiando le pagine di Repubblica. «Lo strumentista che prima suonava il tin whistle» sdottorai. «Alias una specie di piffero in metallo che produce tutti quei bei fischi tipici irlandesi.» E se guardavi fuori, c'era tutta strada Maggiore che ti veniva incontro dal finestrino, nitida nei colori e ordinata com'era i venerdì sera, quando Bologna era giovane.

Quanto al vecchio Shane, credo dovessero ronzargli le orecchie, al centro com'era dei pensieri di tutto l'autobus. E per parte mia, se solo avessi conosciuto l'indirizzo, giuro che non avrei esitato a spedirgli del denaro, un paio di scarpe, e poi il giaccone nuovo di mio padre – una delizia in *renna* – buono per affrontare l'inverno londinese.

In una delle tasche interne, gli avrei fatto trovare una foto di Chiara con la dedica finta e un bacio di rossetto autografato da me, ché questo cigno di ragazza in maglioncino bianco l'amavo e credevo di conoscerla ormai come le mie tasche, poi che noialtri due s'era interagito per la prima volta nel quieto mese di brumaio, durante un'assemblea d'istituto.

Era l'autunno del 1991, Francesco Cossiga presidente, e io migravo al minimo dei giri per i corridoi della scuola, schiacciato da soffitti grigini altissimi, che risparmiavo le energie, pinolo come nessuno, in attesa d'una liberazione vera, tipo tuffarmi nelle situazioni di formaggio dell'università.

Accasciato all'ultimo banco, leggevo Blast! o il Mucchio Selvaggio, augurandomi di non essere chiamato alla cattedra per rendere conto in dialetto ionico sui doveri del buon legislatore.

Praticamente, non consumavo un cazzo, a livello di joule.

Ogni tanto una festa, ogni tanto una serata low-budget in osteria, ogni tanto un concertino superunderground con Templa Mentis, Vitous e Sick Kids; il tutto, senza mai un piacere vero, perennemente ritardato dal sonno, dalle seghe, dallo spleen e da impulsi insensati e, comunque, esclusivamente etero.

Dicevo dell'assemblea d'istituto.

Ebbene, quella importante per la mia vita coi cigni ruotava intorno alla presentazione delle liste per le elezioni studentesche, e noialtri cordiglieri della Mano Negra ci eravamo piazzati nelle prime file a fischiare e lanciar coriandoli, ché si voleva sabotare le ambizioni dei giovani tribuni. Coprivamo di ululati i cattolici popolari, e forti del nostro numero lanciavamo slogan nonsense in risposta alle stupide ricette quadrate dei fascisti.

Appena prese la parola Tullio Ambris, il finto-scopatore che coordinava i fan del Partito, uscii nell'atrio per dare il segnale. L. Necci, il nostro artificiere all'epoca non ancora coventrizzato, aveva predisposto dei raudi nei punti strategici, e adesso non si trattava di far altro che dar vita alle fiamme.

Così, quando Ambris ebbe finito d'esporre, fra esplosioni e pazzeschi rimbombi, il programma mandato a memoria nel bigio della sua sezione giovanile, il pinolo moderatore disse: «Okay, ragazzi. Adesso che conoscete tutti i candidati

– peccato per i pochi sciocchi disturbatori – il microfono è a vostra disposizione.»

Ciò detto, l'artificiere Necci e il suo pari grado non fecero in tempo a comparire di naso in quel consesso, che un tumulto di deficienti appartenenti alle varie fazioni pretendeva, in modo fermo ma civile, le nostre teste.

«Cazzo vogliono?» mi sussurrò l'artificiere. «Perché l'avrebbero con noi, poi? Cos'è, adesso uno è colpevole di coltivarsi le sue piccole esplosioni?»

La canaia protestativa continuava.

Si levarono dei pugni, all'improvviso pareva di essere alla pallacorda: «Vogliamo il culo dei disturbatori Marat e Saint-Just! Vogliamo il culo di Marat e Saint-Just!»

Un casino che non vi dico. Anche bello da esserci in mezzo, se non eravate Marat o Saint-Just.

A un bel momento, quella puttana di Necci decise che Marat ero io, e quindi toccava a me sacrificarmi per primo.

«Però i petardi l'hai lanciati te, vaffanculo!»

«Su ordine di Marat!» mi fu risposto.

Un nervoso che non vi dico.

Un caldo!, un freddo!

Alla fine, vedo Tullio Ambris che esce dal coro, tutto vestito da Lafayette, tutto democratico e amico di tutti, che fa dei gran gesti di pazienza intorno, seda la rivolta, mi guarda con la sua faccia di funchia, mi viene proprio davanti e dice: «Silenzio!, silenzio! Lasciamolo parlare!…»

Questa testa di cazzo enorme.

«Guarda che una spiegazione ce la dovete» fa.

«Per onestà intellettuale?»

«Per non passare proprio da stronzi stronzi» mi sussurra, come stesse facendo un favore. A Marat. In condizioni del genere.

«Vai te o vado io?» domando a Saint-Just.

«Dopotutto, io sarei solo il braccio» mi fa. «È meglio che a prendere la parola, se proprio bisogna, sia l'eventuale cervello, no? I bracci mica parlano…»

Si stava coventrizzando già allora. Persino un pazzo l'avrebbe capito, ma poiché mi tirava il culo che avevo da giustificarmi davanti agli ossessi, lì per lì non potei farvi caso. Allora guardo Tullio Ambris e gli faccio un ghigno indimenticabile, almeno credo, e scansandolo via, con tutta la parrucca che mi picchiettava dietro, salii, vaffanculo, fino al cazzo di patibolo degli oratori. Un po' mi sentivo una specie di toro intimidito, e un po' mi sentivo Marat.

All'inizio, magari, non sarò riuscito a fissare negli occhi nessuno, toro intimidito com'ero. Però, dovevo essere bello da vedersi, con la parrucca, i calzettoni bianchi e tutto quanto il resto.

Dodici milioni di occhi mi guardavano.

Buona parte della futura storia d'Europa e il mio culo erano nelle mie stesse mani.

E allora, la prima cosa che dissi fu: «Be'… io penso che le elezioni studentesche siano una truffa e una presa in giro!»

Subito, i cordiglieri della Mano Negra si rianimarono, e dallo sconforto e dallo sputtanamento in cui erano caduti per colpa mia e di Saint-Jus, grazie al coraggio che riuscivano a infondergli le mie parole, ora, quasi smaniando, abbandonata ogni prudenza, quasi quasi gareggiavano a chi aveva avuto il privilegio di conoscermi per primo.

«Vent'anni di elezioni studentesche» tuonai, «non l'hanno smossa d'un centimetro, questa cazzo di scuola nazista!…»

Mi parve di scorgere quella puttana di Saint-Just che mi salutava dal fondo facendo dei gran sì con la testa.

«Di destra o di sinistra» ripresi da par mio, lasciando che la parrucca vibrasse all'unisono col mio stesso sdegno, «goliardi o cattolici» sdegnai, « i rappresentanti non hanno mai ottenuto una fava, a parte il permesso per il concerto natalizio… Per cui, io vi propongo proprio di non eleggere un cazzo di nessuno, e anzi, propongo di astenerci, affinché tutta la Francia sappia che le presenti elezioni studentesche sono una cazzo di farsa e basta!…»

Con le parolacce, li conquistavo, ma oramai avevo preso l'abbrivio.

«Comunista!» mi urlò una matta, da dietro.

«Attenzione» le intimai, «ché qui si corre il rischio di uscire dalla storia!…»

Tullio Ambris fulminò la matta con una sola occhiata, e subito i suoi seguaci lo rassicurarono con lo sguardo: quella era una matta, e io non ero un vero comunista certificato. Tra l'altro, lo si capiva dal taglio di capelli. Era lui, Tullio Ambris, il solo, l'inimitabile compagno numero uno.

«Ci fanno fare il giochino delle elezioni così possono dire "avete i vostri delegati", ma la verità è che faremmo meglio a non abboccare» dicevo.

Non mi ero mai sentito così esposto e sincero e desideroso di chiarire le mie idee sul sistema marcio che c'inghiottiva ogni mattina alle otto. Scrosciarono degli applausi e dei gran fischi. Chi s'infiammava a mio favore, chi mi faceva dei vistosi manici d'ombrello e s'ostinava a chiedere il mio culo, ma gli amici cordiglieri, supportandomi a gran voce, mi spingevano ad andare avanti e a dire tutta la verità come nei giorni belli di Odessa.

«Facciamo capire al preside» grandinai, «che ci fa schifo

come gestisce questa scuola! Coraggio, asteniamoci tutti quanti!»

«Cos'è che fa così schifo?» strillò la solita matta da dietro. A quel punto la riconobbi, ed era una cazzo di sempre-vergine minore, con la faccia un po' unta e il culo da schifo. Era la *Pastorelli*, cazzo.

«Tutto!» sbanfai. «La mentalità ancien régime della gente come te, il nostro alzarsi sull'attenti quando entra il professore, il modo tangentaro con cui gestiscono i fondi della scuola!…»

«Un attimo!, un attimo!» strillò il pinolo moderatore. «Queste sono accuse molto gravi!…»

«Chi ha detto che i cinque milioni di finanziamento del progetto giovani devono essere devoluti alla prevenzione della droga? Invece di pagare gli esperti per una lezione del cazzo dove dicono la droga fa male la droga non è vita, con cinque milioni si potrebbe dotare la scuola di qualcosa di unico, tipo un juke-box a ogni piano, o una parete affrescata dalle migliori bombolette della città, oppure una rampa per schettinare, giù in cortile!»

Né manici né applausi mi colpivano, ora.

Sbanfavo a più non posso.

A un bel momento, ero in pieno berzerk oratorio, e come i guerrieri vichinghi smaniosi di battaglia, invece dello scudo, minacciavo di mordere il leggio, allorché il pinolo moderatore venne a farmi presente, con gentilezza, che magari avrebbero dovuto parlare anche gli altri, un momentino, e io, prima di cedere il microfono, dimentico di ogni cosa, sudato come un toro al sole, gridai: «Questa scuola è uno schifo! Asteniamoci tutti!», e poi ridiscesi, corneggiando, fra i poveri mortali, in un labirinto d'applausi e grida subumane, in un vortice d'ingiurie e vergini nude che ne volevano da me.

Subito provai un gran caldo, e poi un gran freddo. Stavo sudando come nessuno e mi sentivo le tempie che pulsavano e le gambe dispari. Magari qualcuno mi soccorse, o forse no. Non lo sapevo, e non m'interessava. Delle pacche amiche, sulle spalle, arrivarono di sicuro, e l'evaporazione del sudore mi faceva fumare. Mi sentii più peloso, e nel framezzo di quell'ultima sensazione decisiva, fui certo che Tullio Ambris, figlio di onorevole travestito da guevarista, consultasse in modo febbrile i subcomandanti, ché le sue truppe s'erano sbandate e non rispondevano più alle direttive, ché alle elezioni ormai non pensava più nessuno, e all'improvviso s'era diffusa la coscienza dei troppi torti subìti, e il trip del momento, per tutti quanti, era organizzare la rivalsa...

«...Diamo le spalle ai professori!...»

«...Imponiamo un intervallo di dieci minuti ogni ora di lezione!...»

«...Chiediamo in provveditorato dei docenti di filosofia non prevenuti e per ciò stesso disposti a trattare il tema decisivo dell'onanismo insurrezionale!...»

«...Sì!, sì! E adesso basta, parlare! Adesso, fratelli, prima di marciare sulla presidenza, mettiamo a ferro e fuoco i bagni e spacchiamo tutto!...»

«...Va' là, sfighè!, ché non sai nemmeno da dove si comincia, per spaccare tutto!...»

...S'alternavano, al microfono, le varie fazioni rivoluzionarie: i moderati gandhiani e gli autonomi, gli unionisti favorevoli alla riconciliazione coi professori illuminati e noialtri rumorosi della Mano Negra...

...E il pavido Saint-Just pensò bene di saltare a piè pari sul carro della mia vittoria! «Viva Marat!» si scalmanava. «E abbasso Tullio Ambris! E abbasso il preside boia!...»

...Praticamente, ero in trionfo; praticamente, mi strappavano i vestiti di dosso. Praticamente, venivo guardato, e soprattutto guardavo a me stesso, come a un idolo…

…Eh, sarebbe stato bello, lo so…

…Invece, quando mi fui riavuto, accasciato sulla poltroncina giù in infermeria, i leali compagni della Mano Negra vollero spiegarmi che in realtà avevo detto soltanto, e in modo confuso, che la nostra decisione di fare esplodere i petardi nell'atrio c'era stata suggerita direttamente da Tullio Ambris per farsi pubblicità. «Quindi» avevo gridato nella realtà, «regolatevi, e sappiate bene che razza di stratega vi comanda!»

«Ma allora perché cazzo sono quasi svenuto? Mi sento… Mi sento, sai come quando ti viene la labirintite? C'ho le gambe molli e mi vien da sudare!…»

Nei modi in cui fu possibile, piano piano venni tranquillizzato. Comunque, per essere la prima volta che salivo a parlare, mi confortava il pavido Necci, ci avevo avuto il coraggio di tre tigri.

«Sì, guarda che non sei andato male per niente, la carriera politica di Tullio Ambris è praticamente stroncata, e i ginnasiali che adesso ridono di lui, ne vogliono da te.»

«I ragazzi o le ragazze?»

«Tutti! Entrambi!»

«Sicuro? Giura!»

«Giuro! Me l'ha detto anche Rinaldi!»

«Questa pezzuola sulla testa dovrò tenerla ancora per molto?»

«Se ti senti un po' meglio, secondo me puoi pure toglierla, così non ti fa umidità. C'hai tutto il collo bagnato…»

Con un gran gesto, mi sbarazzai della pezzuola e fui in

piedi di nuovo. Non mi andava l'idea che qualcuno là fuori cominciasse a dire che ero proprio svenuto quando invece mi sentivo abbastanza bene.

Il pavido Necci s'offerse di sostenermi, lungo il corridoio, e io gli dissi che ce la facevo benissimo da solo, ma quello s'ostinava a volermi reggere comunque, e quando fummo a meno di dieci passi dalla porta a vetri dell'aula magna, l'aria elettrica della mia semivittoria ci avvolse.

Nel vedermi all'interno completamente ristabilito – a parte pochissimi manici d'ombrello e scarne risate – fioccarono gli applausi. Di sicuro non era il trionfo di Marat, ma non era neppure una mattinata in cui buttarsi dalla finestra. Anzi.

Con un braccio levato, salutai gli amici cordiglieri e i simpatizzanti nuovi. Tullio Ambris non lo vedevo, e per un po' mi piacque immaginarlo che doveva difendersi, nello sgabuzzo della sezione giovanile, dalle accuse di certi dirigenti intermedi di forse ventisei anni.

Intanto che mi beavo in quel semitrionfo, non so come, ma il pavido L. Necci venne a presentarmi una ragazza tenue e dal pallido incarnato, una persona poetica e tirolese, la quale, subito, m'apparve per il cigno che era.

«Ciao» le dissi. Vista all'impiedi, poteva avere una primavera meno di me o la mia stessa età.

Volle stringermi la mano, e sostenne che erano *anni*, dentro quella scuola, che non s'ascoltava una sincerità così, anche ironica e partecipe. I suoi occhi ridevano, e le sue gentilissime sopracciglia già cantavano per me.

A L. Necci spiegai che c'era Rinaldi che lo stava cercando al piano di sopra, e un istante più tardi desiderai sottrarmi, e sottrarla, al cuore della calca.

Finimmo a parlare sotto una finestra radiosa, e il sole indorava il profilo di quel cigno come soltanto chi è innamorato può sapere, e Tullio Ambris, che contro ogni mio principio non era ancora stato processato nello sgabuzzino della sezione giovanile, s'avvicinò al microfono circondato dall'ultima schiera di fedelissimi. Arrampicasse pure tutti gli specchi che gli pareva, adesso. Che fosse la sua, di fronte, a imperlarsi di sudore. Che fosse lui, per un po', a remare controcorrente, poiché io mi sentivo come Konrad Lorenz in quella copertina con la foto nel laghetto, circondato dalle foglie in acqua e dai volatili miti.

Dissi al cigno il mio nome, poggiato allo stipite di legno bianco, e poi, incellofanato in una carta lucida col fiocco, le chiesi il suo. «E te, invece» domandai come sbucassi dal lucido con la mia testa in fiore, «com'è che ti chiami, poi?»

«Chiara» rispose Chiara.

E dopo, cos'altro dire? Che in quel mattino di dolce autunno passeggiammo intorno al lago dei giardini? Che parlammo di scuola e di progetti per il futuro, di musica e di vacanze a venire?

Lo facemmo, certo, ma è forse questo il punto, quando si ha a che fare con un cigno soave?

Mi piaceva quando rideva e nascondeva i denti perfetti con la mano. Mi piaceva come restava in ascolto, come prendeva a parlare all'improvviso senza conquistare uno spazio ma preparandone per me. E già m'immaginavo pittore del suo mento e del collo, delle ciglia, e del suo sguardo verdazzurro reso ancor più brillante nel limpido dell'aria. La parte di me che sapeva dipingere, anzi, era già alle prese coi pennarelli, curvo sul foglio di fabriano, che meditavo il colore giusto per le sue lentiggini poco accennate e mettevo ogni cura a evitare sbaffi.

Tintinnante com'ero, credetti di capire che dovesse non dispiacerle, il mio stile asimmetrico. D'altronde, io quello avevo, e mi sarebbe parso profondamente ingiusto mettermi a posare con lei, rivenderle qualcosa che non possedevo, spacciarmi per la creatura d'identici petali che non ero.

Discutemmo di cinema, di hobbies, di quello che si fa il sabato, di quel che si sarebbe fatto il sabato seguente, e col tono meno allusivo dell'universo si diceva che c'erano dei gran bei film, in giro. Come sempre, in autunno.

Ho fatto il meglio che sapevo, ho provato ad accomodarmi in modo gentile nello spazio gentile che speravo lei non smettesse di rendere disponibile per il mio cuore e per me.

E quando è stato il momento di separarci, tirando indietro il dispiacere, l'ho accompagnata al suo motorino camminandole a fianco in pace, senza stressarla, ma provando a farle capire – fosse stato anche solo stringendole il palmo nel salutarla – che a lei tenevo, e ben volentieri, per i prossimi duecento anni, avrei interrogato i colori e avrei messo ogni cura nell'evitare gli sbaffi.

E poi, da aspirante gentleman situazionista, le lasciai il mio numero di telefono senza chiedere nulla in cambio. Il suo, di numero, bellissimo e svisato di cifre dispari, me l'avrebbe lasciato lei spontaneamente, incontrandoci come per caso davanti al distributore delle merende, un paio di giorni dopo.

Trascorse una settimana di quasi niente, e alla fine, un pomeriggio in cui la mancanza, sotto forma di dolore spirituale, non mi lasciava nemmeno ascoltare i No Means No sdraiato sul letto, ho proprio dovuto chiamarla.

Forse già lo dissi o forse no, ma comunque stavo attraversando un periodo di dissociazione della personalità, in quei miei giorni da diciassettenne. A tal punto, intendo, che un mio giochetto un po' schizo e fin troppo frequente, era far finta di essere un semplice per vedere se gli altri abboccavano. Pensavo che se ti sforzavi di fingere, alla fine non potevi farti davvero male. Per brutte che si mettessero le cose, mi dicevo, i rifiuti e le delusioni avrebbero colpito il semplice che fingevo di essere, non il vecchio Me Stesso orgoglioso e vulnerabile.

«È così facile» ghignavo in gran segreto. «Chissà se lo fa pure qualcun altro, questo bel gioco.»

Al contabile subnormale che di tanto in tanto s'affacciava nella mia testa, all'Indemoniato Sfighè, al Nichilista Teenager, a questa pletora di diavoli inferiori che m'infestava, occorreva aggiungere il fottuto Semplice Mascherato, un pazzo giovanile che per timidezza e malintesa forza di volontà aveva sempre da dirmi qualche cosa, e, in determinate circostanze di maggior pericolo, s'ostinava a voler prendere il comando.

Non sono pazzo. Sono solo un ragazzo, e alle forme del mondo non si sa mica tanto bene come rispondere, e allora può sembrarti indispensabile dover interpretare te stesso come qualcosa che ama le maschere, e solo con le maschere potrà provare a scamparla. Non lo dico per rendermi interessante, non lo faccio per vittimismo, ma sul serio era complicato starsene al mondo. Almeno per il sottoscritto, nel 1992.

Comunque, ero lì col ricevitore color panna in mano, che auscultando i trilli ricircolavo nel dito la spiralina del filo, quando la sua voce di ragazzina anseriforme e un po' tirolese venne a raccogliermi da dentro la botola.

Per i primi tre quattro minuti non feci altro che raschiarmi la gola e completare le sue frasi con gli avverbi «veramente», «ma veramente» e «sul serio».

Dopo un po' che si discorreva del più e del meno fra i miei colpi di tosse, venne fuori che si sentiva *stanchissima* di vivere fra tutte queste persone ambiziose che ti facevano pesare il loro stronzo potere.

«Per esempio i professori» mi disse, «sono solo delle persone che ti fanno pagare il piccolo dazio della loro frustrazione ogni giorno.»

«Veramente.»

«Ce ne fosse almeno uno, sensibile, che non pensi alle ore scolastiche come a un semplice trantran d'interrogazioni e lezioni scopiazzate dai libri di testo...»

«Ma veramente. Sul serio.»

«Un tipo come il capitano dei ragazzi nell'Attimo fuggente.»

«Sul serio ami quel film?» Avrei voluto starci con la testa, ma era più forte di me, poiché il fottuto Semplice stava già bussandomi dentro la testa e la pelle d'asino del suo tamburo, a giudicare dalle conseguenze, poteva averla tesa l'orribile Berlicche in persona. «È una pellicola che ha dato tantissimo anche a me... Ho paura che quel Peter Weir, senza saperlo, ha girato un mezzo capolavoro... Un altro po' e la scena del suicidio mi faceva persino piangere, un altro po'... E anche la fotografia, con tutto quel Vermont in sottofondo...»

«Sì. Veramente.»

Facendo il semplice, invece di portarla semplicemente un pochino dalla mia parte, la contagiavo, pareva. Almeno, a livello di avverbi.

«Eh, veramente sì.»

«Peccato che i nostri professori non l'abbiano visto...»

«Senti... Mi dispiace che sei tipo stanchissima di vivere fra i troppi mostri, perché volevo chiederti se magari ti andava di fare un giretto in centro, che da Nannucci ci sono un casino di nuovi arrivi di dischi crossover... Le cose nuove degli Urban Dance Squad, dei Red Hot Chili Peppers... A te ti piace il crossover? T'interessa questo discorso nuovo del crossover?»

Il Semplice Abitudinario e Citazionista non lo avevo ancora mai conosciuto, ma c'era anche lui. E l'insistere sulla parola crossover non solo ne certificava l'esistenza come stupefacente e composta entità, ma in un modo nuovo, presumo disponibile a me soltanto, addirittura mi si coventrizzava da dentro.

Ero parlato dai miei stessi demoni, e in qualità di pinolo assediato, assistevo all'angosciosa evidenza della mia voce che, in modo sempre più scoperto, riusciva a discorrere facendo a meno di me.

«Comunque, se non ti piace il crossover possiamo vederci lo stesso. Cosa mi dici? Tipo che io passo da casa tua e facciamo un giro di chiacchiere?»

«Parlare un po' mi va benissimo» rispose la ragazza cigno. La sua voce era melodiosa, e con la tenacia d'un filo d'erba, arrivava, muovendo paranchi e carrucole, a tirarmi su dalla profonda botola. «Prima delle sette, però, ché a quell'ora arriva la mia compagna di banco Sandra Pagina per ripassare l'aoristo e la Medea.»

«Prima delle sette, certo» ho detto senza la giusta decisione. «Prima delle sette, quando?»

«Quando vuoi» ha sussurrato lei. Ci sono stati i saluti di rito, un altro paio di colpi di tosse miei e un ululato, non appena il ricevitore all'altro capo del filo fu riappeso.

E io, precisamente quattordici battiti di ciglia dopo, ero già in strada.

IV

Entrare per la prima volta nella camera di una ragazza è sempre una grande soddisfazione: provi, all'improvviso, un sentimento d'enorme appagamento, forse parente dell'ansia buona che prende chi è appena diventato padre. Senti il peso della responsabilità, ogni volta che i tuoi occhi si riempiono di nuove gradazioni pastello, di sciocche foto degli amici al mare, di tremendi, enormi peluche, cui nelle notti insonni sono delegati chissà quali poteri.

«Mettiti pure comodo» ha detto Chiara.

Ho chiuso la porta, realizzato con una punta di terrore che erano appena le quattro e tre quarti.

Rimossi i genitori di Chiara, pensai che la prima a irrompere in scena sarebbe stata Sandra Pagina verso le sette: «Siamo tranquilli per un paio d'ore» pensavo.

Poi, Chiara s'alzò dal divanetto per tirar su una serranda, in tuta e maglione com'era, e i commenti da impubere passarono in secondo piano, oscurati da considerazioni molto più attuali: «Mio dio» rifletteva il Semplice Mascherato. «Oh, mio dio!... Ma questa ragazza ha, come trovare le parole adatte!, due tette superbe!...»

Scelsi la sedia più scomoda e più lontana dal divanetto, e di fianco a me c'era una pantera rosa grande quanto un uomo che non smetteva di fissarmi con lo sguardo a mezz'asta.

Chiara che dice qualcosa, Chiara che mi guarda.

Ovvio: non c'è mica nessun altro, nella stanza.

Chiara che sorride col genere di sorriso capace di surge-larti la colonna vertebrale.

Proprio mentre raccoglievo le idee, indeciso se buttarla sul comico-scanzonato o sulle impreviste profondità del mio animo gentile, la mia vocazione da semplice prese nuova-mente il sopravvento. «Sta per piovere» dissi, con l'espres-sione corrucciata del contadino che vede il proprio raccolto rovinato dalla grandine.

Tentai di convincermi che mi era solo sembrato di dirlo, che in realtà non avevo parlato, ma adesso Chiara guardava con apprensione oltre i doppi vetri e annuiva: «Sta arrivando l'autunno vero» mi disse.

E poi, tra noi scese quel silenzio che avrebbe potuto anche idrogenarmi, se non ero lesto a raccontare qualche aneddoto decisivo. Tipo Monti che cavalca il suo Ciao da Villa Spada a porta Saragozza tutto nudo in cambio d'una posta da quaran-ta carte, e, più probabilmente, dell'immortalità.

Quel pomeriggio del 1991, interpretai davanti a Chiara uno dei personaggi che mi riusciva meglio, il giovane ammi-ratore di Ravachol che in fondo è buono come il pane, e – attraverso un sapiente gioco di riflessioni ad alta voce e silen-zi più eloquenti di mille parole – si accorge in diretta di avere sbagliato quasi tutto. Sì, voglio dire: evolve proprio di fronte alla muta padrona di casa; si accorge di avere odiato troppo questa nostra società; in fin dei conti, non ha fatto niente per farsi apprezzare, impegnato com'era a distruggere, e allora, se lui stesso è stato contento di giocare all'emarginato, ben gli sta... Ma forse... forse non è troppo tardi!... Anzi, non lo è di certo!... Si può ancora amare, io lo credo! E si possono riscoprire tante piccole sensazioni! E di questo, devo ringra-ziare proprio te, Chiara!

«Sei troppo sensibile» disse lei, confusa e lusingata.

Insomma, cadde nella mia trappola come solo un cucciolo di cigno può cadere.

Il fatto è che nel 1991, come ho detto, ci avevo questo inizio di sdoppiamento della personalità, il quale, contro ogni mia aspettativa, pareva interessare le ragazze intelligenti.

Adesso, avevo bisogno di sapere l'ora.

Per non rovinare l'atmosfera, spiai l'orologio sveglia quadrato alle spalle di Chiara. L'orologio sveglia segnava le cinque e quaranta.

«Ti giuro... volevo dirti che... sì, d'accordo, quando t'ho invitato a fare due passi dopo l'assemblea, è perché m'avevi colpito, carina, simpatica, intelligente e coraggiosa, anche!...»

«Be', grazie» mi disse Chiara, piantina di foglie profumate che era.

Parlavamo e ascoltavamo il white album, e io stavo attento a non usare i giri di parole tipici dei soliti coventrizzati, il tono complimentoso dei compagni di scuola quando si mettevano in testa di piacere a una ragazza.

V

«Ho pensato che mi piaci» le dissi come una schioppettata. «Credo che tu l'abbia capito da un po', ma volevo dirtelo di persona. Magari, un giorno, t'accorgerai che ti fa piacere.»

Così le dissi, e subito, tagliando il tempo all'imbarazzo, m'ero già trasferito a favore d'entrambi a centinaia di chilometri da lì. Superate le Alpi e la Savoia, sorvolata la Borgogna e la Franca Contea, avevo pensato bene di paracadutarmi in pieno Ottocento, in un paesaggio di miniere, pozzi e piccozze di minatori francesi, avvolto in un clima alla Zola, fra sindacalismi degli inizi, amore e morte. Tanto, Gérminal l'avevamo letto entrambi, a scuola, e qualche propizio discorso sui torti subìti dalla gente per colpa del potere, lo si poteva fare benissimo, e Chiara era carina, imporporata e casual com'era.

Se preferii parlarle della vita dei minatori invece di crollare giù dal cielo a cavallo di tutta la fornace e domandarle in modo dritto: «Vuoi metterti con me?», fu perché sapevo che più tardi lei avrebbe parlato insieme alla confidente Sandra Pagina, e io, in mezzo ai discorsi fra amiche, desideravo non metter becco, né invadere lo spazio femminile riservato a determinate decisioni, ché ormai credevo d'averli capiti, i meccanismi del Grande Giuoco.

Ok. Quel pomeriggio, uscii da casa di Chiara un quarto prima delle sette, e dal modo in cui lei m'aveva salutato, e da come il suo verdazzurro vibrava intorno alla pupilla mentre le porte dell'ascensore, separandoci, mi portavano indietro, fui certo che durante l'intervallo, l'indomani, la stessa Sandra Pagina m'avrebbe recapitato un bigliettino che, con tutte le forze, speravo favorevole.

Due giorni più tardi, era più o meno un sabato, e al Rialto c'era Barton Fink che agitandosi come un pazzo gridava «Lo volete capire che sono un creativo? Io mi guadagno da vivere creando!», e ricordo i preparativi, ché m'ero pure fatto la barba, ché l'anno precedente bastava radersi appena una volta al mese, non tutti i sabato pomeriggio come ora. Una spruzzata di denim musk, jeans, maglione, sciarpa e giubbetto, ed era stato facile smontare al volo dall'atala giusto in faccia al cinema, ed era stato portentoso leggere l'assenso negli occhi socchiusi di Chiara e poterla baciare sulle labbra, ma senza lingua, e un istante più tardi, venendo via dalla cassa e porgendole il biglietto, capire che quella certa gonna corta e pelosa, e il maglioncino a collo alto aderente aderente, li aveva indossati apposta per me. E una volta al buio, seduti stretti sulle poltroncine in terzultima fila, era stata la cosa più semplice del mondo disinteressarsi di Barton Fink, inclinare come il pinolo gentile sulla sua guancia tenue e tiepida, profumata e morbida, e stupirsi di felicità quando fu lei, facendo forza sul bracciolo, a schiudermi le labbra con la lingua alla francese.

Tornando a casa, quella sera, ero talmente felice e privo d'ogni ansia conosciuta, che in trance avevo guardato Videomusic fino a dopo le tre, ripetendomi che alla fine la vita, se facevi le mosse giuste al momento giusto, poteva trasformarsi, da selva di sfighe, soprassalti e minacce, in una specie di passeggiata accogliente in un frutteto.

Insieme al frutteto, arrivarono anche le marche della mia

pinolità compiaciuta: per ora, ingannavo le fanciulle con la gonna corta pelosa e me stesso: più tardi, guidato dalla solita tecnica delle cose giuste al momento giusto, non avrei dovuto diventare matto per trovare un buon lavoro e raccogliere dai rami generosi le soddisfazioni a cui ogni uomo avrebbe diritto nei diversi ambiti dell'esistenza.

A un certo momento, pensai addirittura che in futuro non sarebbe stato male, diventare un ascoltatore di musica classica e un fumatore di sigari costosi…

…Però. Però. Però…

…Però, sprofondato nel cuore di quell'autunno, ero proprio un pinolo che non aveva capito niente, un pinolo dalle strategie prevedibili e velleitarie, un mongolo in trance incapace persino di capire che dopo un po', erano sempre gli stessi, i videoclip che passavano alla tele.

Registrati su un nastro, fratelli, che ruotando m'avviluppava.

E insomma andò così, l'inizio della mia vita coi cigni. Ma veramente.

E dopo Barton Fink – e per tanti altri magari sarà stato in occasione di tutt'altra storia, un cartoon, magari, una cosa tenerissima, o un film esotico, o vattelapesca – la storia con Chiara non m'ha più dato da mangiare come speravo. Non lo so, purtroppo. Non è che sia successo niente di speciale. Non abbiamo litigato, né ci siamo detti al telefono parole che in realtà non pensavamo. Di questo son sicuro.

Così, se faccio avanti e indietro a ripensarci, quel che riuscivo a capire era solo questo: che non era successo proprio niente, e il fatto era che persino il dolce più buono, il più squisito, se non lo si lasciava essere dolce *per noi* in un tempo breve, si sarebbe guastato. E a quanto ne so, queste parevano essere le condizioni del presente, ché se davo ascolto ai più vecchi, il pane sarebbe stato buono a tavola per dieci giorni, ma nell'epoca dei Barton Fink, delle minigonne pelose e dei cigni all'assemblea, quel che ti chiedevano, chissà poi perché, era di fare presto, fratello. Di far bene in fretta.

E allora, facendo in fretta, e con rabbia, diciamo almeno questo: diciamo che tecnicamente Chiara si lamentava perché magari ci si vedeva troppo di rado e perché magari io non ero riuscito a trasformarmi all'istante nel pilastro-boa di cui sentiva d'aver bisogno. Ma il fatto è che noi eravamo soltanto dei ragazzi in un'epoca che aveva fretta, così che la nostra enorme ricchezza veniva facilmente scambiata per quasi nulla, e a forza di sentir suonare questa stolta campana, finivamo per crederlo anche noi, sentendoci inadatti, non bastevoli e perennemente clandestini anche quando il nostro biglietto era stato pagato per intero.

Io e la ragazza che somigliava a un cigno, ci lasciammo nel modo non evitabile in cui determinate cose devono avvenire in un'epoca poverissima, e di questo lasciarsi, tecnicamente, non val la pena più di raccontare.

Quel che mi chiedo oggi, è come abbiamo potuto reprimere lo schifo e il vomito, mentre ci allontanavamo come burocrati rancorosi, ognuno secondo il suo verso, e sospese tra noi restavano – per lei, non per me – solo le frasi corsive suggerite forse da Sandra Pagina.

Se qualcosa ha impedito che Chiara e io ci paralizzassimo a un livello troppo lontano, è stata forse una mia lettera. Tremenda. Le ho scritto che in fin dei conti non me ne fregava niente, mi dispiaceva solo d'aver perso la possibilità di interagire col suo corpo, il quale mi piaceva un sacco, come le dissi un giorno. A rileggerla, la mia lettera pareva scritta ai vecchi tempi da un drugo bohémien in preda all'assenzio, ma era appena iniziato il 1992, e a voler seguire la moda autunno-inverno, era quella l'aura da mandar fuori, un misto tra il santo bevitore e il violento scetticismo di Keith Moon.

Molta acqua doveva passare sotto i ponti, ma il pinolo che ero, naturalmente, non ci pensava, tutto preso dal barocco involontario e dai mascheramenti incessanti di quella storpia stagione.

Chiara mi rispose con una lettera più o meno sullo stesso tono. Mi dava un po' torto e un po' ragione. Però alla fine c'era scritto che anche se sei uno stronzo, forse ti voglio bene per davvero. E io, che ero ingenuo e di fronte a questo scoprirsi in un modo che solo riuscivo a comprendere come gentile e disinteressato, non capivo, ci stavo male, e tanto per cambiare, mi stupivo.

Di qualunque infermità si trattasse, continuai a pensarci.

E in ogni caso, passarono alcune lettere più jazzate e passarono delle telefonate un po' così.

Probabilmente, per la prima volta ci trovammo nella strana terra di mezzo in cui non c'è la pace e tuttavia neppure si combatte. E piano piano, dopo aver trascorso l'inverno asserragliati ciascuno nella propria trincea giovanile semiprotetta, fra silenzi e ripicche che all'apparenza non costavano, dopo un po' che si stava male, cominciammo a rivederci. Ma in situazioni intermedie.

E adesso che era scorsa via tutta l'estate, Chiara e io avevamo deciso di uscire insieme un'altra volta.

Per vedere magari come andava.

Pazzi sconsiderati.

VI

Al Parco Nord, venerdì sera c'era un fottìo di gente che aveva perso gli amici e urlava e chiamava in giro «Bèèèppe!», «Féééde!», «Amòòòre!», e quasi mi faceva incazzare, perché al concerto dei Pogues avrei preferito un pubblico molto più selezionato e intimista.

Chiara camminava di fianco a me, un po' spaesata. Tenue, sulle gambe affusolate.

La maglia in lycra dell'Irlanda cominciava a procurarmi prurito e imbarazzo, e io soffrivo. Se il concerto non avesse raggiunto i vertici cultuali che avevo pronosticato, il mio – così andavo ripetendomi – sarebbe stato un sacrificio del cavolo, e l'eritema che grattando sentivo comparire su collo e braccia, sarebbe suonato vano.

Io le conosco quasi tutte a memoria, le canzoni dei Pogues, e so in che senso i testi di Shane MacGowan dicono sempre la verità, scheggiata com'è giusto che sia.

Ebbene, mi feci forza con l'attacco di Streams of Whiskey, allorché Shane dice «L'altra notte, mentre dormivo, ho sognato d'incontrare Behan, e io gli stringevo la mano, e passavamo insieme la giornata».

Camminando fianco a fianco con Chiara, salivamo verso la cima della collina, ché si voleva raggiungere un certo punto lontanissimo dal palco e che pure ci pareva ideale, poiché più in basso, pensavamo, l'impalcatura del mixer avrebbe rovinato la visuale.

Sedemmo sull'erba fredda che cresceva lungo la collina del Parco Nord, e per un po' spiammo una coppia di occhialuti che si fronteggiavano sorridendo e poi si baciavano come a scatti, a occhi bene aperti e con un che d'impaurito.

«Guarda 'sti due imbranati» infierivo. Secondo me erano di quei classici che si facevano le vocine. Il genere di fidanzati disposti a chiamarsi per soprannome. A occhio e croce, nei momenti d'intimità lui la chiamava Pucci, e lei, forse, dietro gli occhiali pensava a lui come a Mielino.

Poi, con Chiara stavamo già dicendoci le cose che si dicono a chi, per un poco, ti è stato vicino. Vennero i momenti dei come stai, ma a parte tutto come ti va, normale ma in senso deteriore, cioè va tutto bene, ho tutto quel che potrei chiedere, se poi si pensa ai poveri senza niente da mangiare mentre noi abbiamo tutto il tempo che vogliamo, no?, e io ci ho anche un sacco di idee, eppure ogni volta che comincio qualcosa, capiscimi, non riesco ad arrivare in fondo, e non è per pigrizia…

«…Per esempio» disse Chiara, «quest'estate ho cominciato a scrivere almeno trecento poesie, davvero eh?, genere haiku ma pure endecasillabi, cose anche complesse, eppure non riesco mai a trovare il colpo risolutore… cioè, capiscimi, la piccola pennellata finale che all'improvviso dona luce al tutto. Non sono sciocchezze da ragazzina, no?, e tu mi capisci, vero?»

La capivo?

«Be', credo proprio di sì» le ho detto in quel certo stile che hanno i francesi comprensivi quando li conosci in vacanza, questi parigini condiscendenti che ti dicono sempre di sì, e formidable!, e génial!, di qualsiasi stronzata gli parli.

«Per fortuna» ha detto Chiara. «Perché, capiscimi, è importante trovar qualcuno con cui parlare senza vergognarsi anche dei problemi, o presunti tali, anche cioè problemi sentimentali...»

Appena feci un cenno d'assenso, ma proprio un niente, tipo un sì col mento, ebbene, non fu lei a calarmi dal cielo con tutta quanta la fornace?

«...Ma no, niente... Solo che a volte mi piacciono dei ragazzi, magari mi sento attratta da loro ma non solo fisicamente, capiscimi ti scongiuro, ma proprio nel senso che mi prendono bene, no?, e non lo so se per voi maschi è un po' la stessa cosa, ma noi, almeno io, ci penso su parecchio, prima di avvicinarmi a uno che mi piace... Capiscimi. Cioè nel senso di mettermi lì a parlare con lui... E insomma, questo breve margine di tempo dovrebbe più o meno aiutarti a comprendere se lui ti piace davvero. Praticamente, a me questa estate è capitato con Leonardo, uno carino di Trieste che studia scienze politiche e si batte come un leoncello a favore degli indios delle Figi, tipo che raccoglie le firme e invita questi capi tribù straordinari a parlare in facoltà. Be', con Leonardo ci siamo messi insieme e tutto quanto, ma dopo pochi giorni già non ci si trovava più... Capiscimi. Tutto il magnetismo animale s'era dissolto chissà dove, e a quella tal persona non avevi più niente da dire, ché tu, in fondo, con lui non c'entravi niente...Ti è mai capitato?»

M'era mai capitato?

«Come no!» ho risposto io a ogni buon conto.

Il sorriso da francese comprensivo quando lo conosci in vacanza m'increspava le labbra senza che potessi farci niente, come il risultato d'un incidente tremendo o d'un lifting eseguito in garage.

In verità, avrei voluto aiutarla. Sul serio. Avrei voluto spiegarle in che senso sbagliava quasi tutto, ma un principio di tosse, o l'eritema che sentivo arrivare, mi chiudevan la gola.

«…Che strano, però, con Leonardo…»: erano queste le parole che venivano sospirate a un giovane tutto sommato innocente, in lycra verde, e dall'occhio stupefatto. «…Un giorno mi piaceva, e il giorno dopo era come un estraneo. È stata una sensazione terribile…»

«Be', allora vado a prendere qualcosa da bere» dissi, senza ululare né niente. «Due Beck's in bottiglia?»

Non ho aspettato che mi rispondesse davvero, e sono sceso verso lo stand più vicino lungo il fianco scosceso della collina, prima composto, poi a mezze corse e salti.

Accalcati ad agitare scontrini sotto il naso delle bariste, c'erano gli altri ragazzi come me, vestiti in lycra verde e senza eritemi. Allora abbiamo scambiato battute e pacche sulle spalle, e i migliori di loro erano universitarios che bevevano Guinness e sventolavano il tricolore irlandese.

«Io i Pogues li ho visti a Londra tre anni fa» ha detto uno dei ragazzi sbandieratori, «e non lo so come se la caveranno senza di Shane.» Sfoggiava la t-shirt gialla di Hell's Ditch, l'ultimo album del periodo di mezzo, e la copertina campeggiava sul suo petto nitidissima, non come certe t-shirt sperimentali fatte in casa dal Nardini coi pennarelli da stoffa.

«Ehi, vecchio» gli dissi. La calca intorno a me non diminuiva né aumentava. «La tua maglietta è splendida.» A parte tutto, ero in adorazione: «Mica ricordi dove l'hai comprata?»

Quello ha riso, ha fatto un po' di smorfie, s'è grattato il mento e ha detto che non si ricordava. Poi ha detto che glie-l'avevano regalata. Allora, pinolo feticista com'ero, e suggestionabile come nessuno, subito ho pensato d'avere di fronte un autentico Pogue Head, un fanatico che probabilmente seguiva la banda da secoli e forse aveva persino cenato con loro dopo un concerto amburghese. Shane, immaginavo, seccati una ventina di caffè e ammazzacaffè, un istante prima di cadere in un sonno adenoidale doveva aver poggiato la sua testa sulla spalla del ragazzo, e di sicuro, nel farlo, aveva intonato sottovoce i versi rabbiosi «Questa città ci ha sporcati. Questa città ci ha inariditi. Siamo qui da molto tempo e ci resteremo finché non moriremo. E allora laviamo via le macchie di sangue e colla e birra, e appena arriva l'estate, mettiamola a ferro e fuoco, questa cazzo di città!...»

Quando ho raggiunto di nuovo la cima della collina, Chiara non la vedevo più. Mi son guardato intorno nel semibuio, casomai avessi sbagliato a calcolare la traiettoria, ma Pucci e Mielino erano sempre lì che continuavano a fronteggiarsi con le bocche dischiuse e gli occhi molto aperti...

Con cautela, ho poggiato le Beck's sull'erba e mi son seduto all'indiana. Ho bevuto un lungo sorso e ho seguito in lontananza il traffico dei roadies attraverso il palco ancora in ombra. Da quella stessa distanza, m'arrivavano i cori del mucchio verdeggiante, e un istante più tardi, da non so più quale direzione, Chiara m'è venuta incontro. «Ehi» m'ha detto euforica, «ce l'hai fatta, alla fine.» Coi palmi ha scrollato i fili d'erba dai jeans tagliati ed è venuta a sedermisi di fianco, affettuosa e offuscata. Mi ha detto: «C'è in giro l'Assiro, hai visto?»

«No» ho risposto io.

«Laggiù.» Indicava un punto molto più vicino di quanto avrei voluto.

«Ti si scalda la birra» le ho detto.

«Il *mitico* Assiro» s'è trasognata lei.

Magari pensava mi stesse sul cazzo e ne parlava per farmi arrabbiare, e io invece l'invidiavo e lo stimavo a Davis Fracasso detto l'Assiro. Poi va be', lui era uno degli idoli extraliceali di Chiara, ed era stato un ex di Sandra Pagina all'epoca delle vacanze scuola a Malta organizzate dal

Comune. Popolare tra le ragazze perché abitava da solo, traf-
ficava marijuana e dava feste una sera sì e una sissignore, sempre vestito tipo rude boy, coi jeans arrotolati in fondo, polo
Lonsdale, testa rasata e tatuaggi indelebili sugli avambracci.

Alla fine riuscii a scorgerlo anch'io, che beveva birra
direttamente dalla bottiglia e si lasciava circondare dagli
amici che lo imitavano e lo riconoscevano come capo – lo
smilzo Marcellus, Nelson Centocapelli, il nasuto Tommy Boy
e i fratelli Massimo e Carlo Maria Morgana.

Lo invidiavo e lo stimavo, il temuto Assiro, e certo non
mi sarebbe dispiaciuto, un giorno, sedermi con lui e coi suoi
amici a bere birra e discorrere di magie fumogene, musica
ska e odio per gli stronzi profumati che passeggiavano in
centro. Tuttavia, per adesso c'era ancora Chiara che rideva in
modo rallentato e si stringeva nelle spalle, e io ero il solito
pinolo che non sapeva quasi niente.

«Non sei arrabbiato, vero?»

«E di cosa?» Ho stretto forte la Beck's, ho rinfrescato il
palmo; ho distolto lo sguardo dall'Assiro, e non so come
avevo Chiara già talmente vicina che forse cominciò lei a
baciarmi, o forse fui io. E la bocca di Chiara era ospitale, e io
potevo risentirne il sapore di frutta dopo quasi sei mesi.

VII

Adesso Spider Stacy cantava solenne della Battaglia di Brisbane e l'epopea degli irlandesi prendeva forma nei nostri cuori, galleggiava sulla collina come una bolla d'indignazione per i popoli ancora in cerca della loro libertà.

Ogni tanto guardavo il profilo di Chiara e davo un sorso alla Beck's, e la musica risaliva a ondate colme d'energia dall'alveo del palco fin su la cresta della collina, e tu, come desideravi, non potevi far altro che lasciarti possedere dal suo stesso spingere e vibrare in aria. «Questi irlandesi» ho pensato, «tutte le corde del cuore, mi toccano», e c'era Chiara, seduta in diagonale rispetto a me, che un po' si lasciava trasportare e un po' sorrideva dentro il buio, mentre il fisarmonicista Chevron saltava e franava sulle assi del palco, con gambe che non lo reggevano tanto bene, e io pensavo: fino a cinque minuti fa avevo tra le braccia una ragazza, un cigno, e adesso non si capisce se è ancora qui con me o distante, se le va bene di volermi bene oppure no, e mi dà un bacio solo perché ha fumato un po' di marijuana dell'Assiro.

La vera domanda del pinolo: « Ma se le piaccio, che problema c'è?»

Rimuginavo al centro delle urla di cento diavoli, e Spider Stacy, che pareva un diavolo anche lui, cantava Tombstones against the sky.

«Curiose, le femmine» mi dicevo.

E poi ho pensato che i Pogues li aspettavo da anni.

E ho pensato che m'ero addirittura emozionato, vedendo per la prima volta le locandine nere della festa dell'Unità con scritti in bianco i nomi dei complessi, e in mezzo alle posse rap e i Litfiba, c'erano anche loro.

E ho pensato che me l'ero immaginato diverso, questo concerto, con in testa il fotogramma mentale di me che ci andavo – e perché, poi? – coi compagni della mia classe momentaneamente infatuati della verde Irlanda e della sua musica saltellante, e invece, dopo, m'era venuta l'idea che Chiara potesse essere tornata dalle vacanze, e allora sarebbe stato veramente bello venirci con lei, in questo posto, invece che coi soliti Nardini, Rinaldi e il vecchio Hoge.

E poi, ho pensato che non sapevo più tanto bene neanch'io cosa pensare.

VIII

E Andrew Ranken avrebbe iniziato a picchiare sulla grancassa con la decisione d'un musico che sa stanare gli animali, e un po' alla volta avrei sentito le cattive sensazioni fuggire via da me come bestiole impaurite.

E io l'avrei guarita, Chiara, qualsiasi fosse la malattia che adesso me la rendeva inconoscibile, e forse sarebbe bastato raccontarle dell'estate che moriva quella sera, di quando in inter-rail, con Rinaldi e il vecchio Hoge, avevamo dovuto inseguire il treno sul binario a Oslo, di quando i ladri cecoslovacchi avevano rubato tutto ai nostri vicini di scompartimento addormentati, e poi gli appuntamenti sul Ponte Carlo coi giovani freak praghesi, e poi la volta che invece avevamo provato la maschera della realtà virtuale a Copenhagen, e soprattutto della nostra casa in Scozia e di come la bellezza dell'inter-rail stava nell'alternanza di momenti pieni e momenti vuoti.

Sì, mi sarei aggrappato alla musica con le unghie, aggrappato come un gatto di Kilkenny, adesso ch'era l'ultimo venerdì d'estate e sul Parco Nord, tra poco, di nuovo sarebbe sceso il silenzio vuoto e nuvoloso della periferia.

Sarei sceso a procurarmi le ultime due birre, e con gli argentei colli spumanti in pugno avrei lasciato che un'urgenza senza nome mi riportasse al cospetto della ragazza-cigno. L'avrei risalito di mezza corsa, il fianco scosceso della collina, come sospinto dall'onda della musica che mi burrascava alle spalle.

E l'avrei trovata in piedi che si guardava intorno un po'
smarrita, in un'espressione di metà broncio e metà sollievo, e
nella poca luce avrei capito in che senso la sua bellezza poteva anche ferirti, nel 1992.

«Perché non andiamo sotto il palco?» m'avrebbe sorpre-
so Chiara. «Ho voglia di ballare.»

Sarebbe stata lei a prendermi per mano. Oh, sì, l'avrebbe
fatto. E insieme saremmo volati lungo la discesa, sognanti e
con la febbre, silenziosi e autentici come trolls.

E i Pogues avrebbero travolto ogni cosa come il fiume
Shannon non potrà mai fare, e Chiara e io avremmo saltato
stretti fra braccia levate di ragazzi e magliette incollate, e
altre intensità che in vita potevi trovare una volta sola.

Avremmo ballato sottobraccio e avremmo saltato senza
sapere più nulla, e quando Chiara sarebbe uscita dal cuore
della danza dicendo «Non ce la faccio più», ridendo avrebbe rovesciato indietro la testa, e i suoi capelli neri lucenti
avrebbero fatto una veronica gentile.

E io le avrei detto che quando ballava era bellissima, e
anche quando camminava, le avrei detto, solo che adesso mi
sembri tipo felice.

Allora m'avrebbe preso la mano tra le dita affusolate,
poggiato il mento contro la mia spalla, dicendo che avevo
fatto bene a portarla, dicendo che era contenta di venire nei
miei posti.

E forse, avremmo trovato nuova forza per ballare ancora
e ancora, guardandoci negli occhi mentre ruotavamo per
mano ai margini del campo di teste, e schiene, e gambe. E
quando Spider Stacy avrebbe ringraziato tutti per l'ultima
volta, e il palco sarebbe tornato buio, Chiara m'avrebbe permesso di camminare verso l'uscita tenendo il braccio sopra le
sue spalle.

E poi, superando la passerella di legno del Parco Nord, bagnati dal fiume di voci e gesti e commenti di diciottenni, l'avrei finalmente trovato, il filo buono da passare attraverso tutti i momenti belli della mia vita, il filo adatto a fare una collana che avrei portato per sempre senza vergognarmi.

E mia madre sarebbe venuta a svegliarmi, alle sette e mezzo del mattino, e ci sarebbe stato da preparare i libri, poiché la scuola ricominciava. E ci sarebbe stato un momento in cui la quinta ora l'avrei avuta nel pugno, e all'uscita avrei ritrovato Chiara, il cigno che non arrivava mai puntuale agli appuntamenti e coi suoi scarti mi teneva legato a sé.

Allora sarebbe bastato pranzare insieme – una cosa da niente tipo un tramezzino e un caffè al Mocambo – e saremmo scivolati lenti verso i giardini, scegliendo un buon posto soleggiato dove l'erba è tenera e non graffia le gambe.

Mi sarei fatto raccontare il suo primo giorno di scuola, l'avrei un po' presa in giro nei modi che alle ragazze non dispiacciono, e quando i suoi occhi m'avrebbero detto che andava bene, mi sarei avvicinato per baciarla, come se le vacanze non fossero finite, ancora, e dalle parole sgorgassero i significati di cui c'è bisogno per vivere. Ché se li interroghi con devozione, prima o dopo, parlandoti ti daranno la risposta.

Carnevale. Giorno secondo

La voce del ragazzetto che parlava accanto a me tacque, in quell'ombra, e io avevo gli occhi ancora chiusi e la schiena che poggiava contro il legno. Il mio stesso respiro mi teneva compagnia, e per un poco ogni cosa restò nella sua condizione di pace terrestre, col vento leggero e tiepido che risalendo la carovana d'archi del portico m'asciugava le braccia e il viso, mentre nessuna automobile scarriolava, nessuna balena arancione dell'Atc faceva vibrare il pavé di via San Felice o le serrande nuvolose delle botteghe.

Quanto al resto di me, tutto quel che sapevo era che avevo fame, mentre i canti del carnevale, sospinti dal vento tiepido, continuavano ad arrivare fin lì nel modo attutito della distanza.

Massaggiai il mento, e piano piano raccolsi le gambe al petto. La familiarità del luogo, proteggendomi, confortava quei piccoli e lenti gesti come appartenessero a una creatura che presentivo quasi fosse la prima volta. E poi, aprendo gli occhi, con stupore m'accorsi che la cauta luce del giorno arrivava, illuminando di rettangoli inclinati il marciapiede con intorno nessuno. Da qualche parte vicino a me, una piccola elica d'aerazione doveva girare, producendo il suo suono, e non mi stupì – non subito, almeno – di non trovare, seduto accanto, il ragazzetto che aveva voluto raccontarmi la sua storia.

Solo sorrisi, e pensai che la parola pinolo la conoscevo, e che qualche volta, ammettiamolo, magari i miei amici l'avevano usata contro di me. E io, per non interromperlo, mica gliel'avevo detto che a quel concerto dei Pogues c'ero anch'io, in compagnia d'una ragazzetta che mi faceva diventare matto.

Guardai in giro, ricordo, ché desideravo rivedere le sue orecchie rosse e la maglietta coi quattro Pistols che da sbarbo era stata mia, e volevo chiedergli, al mio pinolo sembiante, cosa gli era venuto in mente, di tornare indietro a prendermi, ma il pazzo emozionato non lo vedevo, e per un po', confusamente, addirittura pensai a una truffa. Tipo che i miei amici avessero più o meno ingaggiato un sosia e dopo averlo imbottito per mesi di foto segnaletiche e informazioni sovra li cazzi miei me l'avessero slegato dietro approfittando che non mi sentivo tanto vigile a causa della vaniglia. Comunque, riflettevo – in piedi e sbalordito sotto il riparo del portico – solo a pagare l'attor giovane, il costumista filologo e lo sceneggiatore professionista, gli ci voleva minimo minimo un budget della madonna.

Monti, i soldi, li avrebbe anche avuti, e al limite pure il know how teatrale, come la volta ch'era riuscito a convincermi di poter far bene con due sue cugine bòne di Genova, e alla fine, a parte che non erano nemmeno parenti, per ospitarle a dormire da lui bisognava offrire dei soldi contanti e assegni da noialtri studenti non ne accettavano, e dopo che rimasti soli litigai col Monti, lui assunse la parte dell'offeso e mi dava del contadino perché non avevo portato i soldi e a trattare con le due entraîneuse di Genova non ero stato capace.

Allora risi e guardai il cielo basso delle sette meno un quarto, annusai l'aria nitida di primo sole che veniva su e mi convinsi che nessuno dei miei amici poteva avermi mandato il ragazzetto, e seppi che quello, chissà da dove e lo volessi o no, era proprio venuto a cercarmi per conto suo.

Cos'altro potevo fare con l'ultima sigaretta e un accendino? Innestai la paglia e feci un bel sospiro. La corrente della musica, se pure meno tambureggiante che nel cuore della notte, indicava al mio bipede battello la sua sorgente. L'ultima sìgara ardeva, e, dritta in bocca com'era, pareva indicarmi la via.

Ben presto, fui in vista dei superstiti e di quanto del nostro campo di grano restava – ch'era più scarno, adesso che m'avvicinavo e sotto le goccioline di suoni dernieri solo i più devoti danzavano.

E il primo a comparirmi davanti, signori, fu lo smilzo Marcellus.

Aveva residui di foglie un po' dappertutto, e la resina, e i graffi sulla prima pelle degli avambracci, con orgoglio, ti raccontavano l'essenziale. Dunque, dall'intrico del tiglio, quel pazzo s'era infine salvato! Tutto sozzo e verde e marrone com'era, innanzitutto volle abbracciarmi. Del resto, neanch'io dovevo essere un fiore, ché avevo dormito e sognato avendo per culla il marciapiede e un portone.

«Fratello!» mi disse. Mi stringeva con la forza d'un puma. «Ho saputo che manchi da ore! Così m'hanno detto, perché io arrivo adesso!...»

«Se vogliamo» gli dissi, «avrei ricevuto una visita.»

«E quando? Stanotte?»

«Ah» gli dissi, «fa' tè!»

«Donne? Un attacco di qualche cosa? Sei stato in pronto soccorso?»

«Non lo so» gli dissi. «Però mi sono svegliato in via San Felice, e un certo pinolo che mi teneva compagnia, svegliandomi, non l'ho più trovato...»

«T'ha fatto qualcosa?» mi chiese Marcellus. «Il portafogli, l'hai ancora?»

Io risi. «Non m'è stato rubato nulla» risposi. «No, amico mio, nessun furto.»

Arrivarono anche gli altri, mentre così gli dicevo. Il vecchio Hoge mescolato ai fratelli Morgana, e Kit, il figliolo del Marza, con due occhi grandi come il mare, e dai carri sputasuono governati da esausti artiglieri uscivano adesso le note di Dub Mentality degli Asian Foundation.

Mi fecero le feste, mi palparono il culo. Ridevano, e a ogni costo volevano offrirmi un caffè o della grappa, a seconda del turbamento.

«C'era una donna, con me» dissi a tutti. «Una persona un po' adulta e un po' no. La vedeste?»

«La vedemmo!, la vedemmo!» risposero in coro, ridendo. «E ci hai avuto fortuna, ad avere noi!, ché te l'abbiam custodita! Sta dormendo dentro il sidecar di Nelson Centocapelli. Lui la sorveglia, e il vecchio Tommy Boy tiene d'occhio entrambi.» «Più tranquillo di così!...» mi fu detto.

Una fascia luminosa compariva a est, inondando di luce i vetri marzolini di Palazzo del Podestà, e a mano a mano che il cielo rosato s'allargava, i merli attorno e le murate secolari e i profili in stand-by dei quattro carri sputasuono e la potenza silenziosa del dio Poseidon acquistavano i rilievi, nel fuoco rosso della città che, dall'alto dei tetti indorati, i cittadini adulti lo sapessero o no, ci custodiva.

Carnevale. Giorno secondo reprise

L'orologio della torre segnava l'ora decima del giorno, quando i carri e il nostro esercito residuo lasciarono la piazza in mano ai carpentieri affinché le squadre smontassero la passerella e gli idranti della nettezza urbana restituissero ai luoghi della festa e dell'incoronazione di Re Carnevale il consueto decoro repubblicano.

La nostra piccola brigata occasionale era andata a far colazione tenendosi sottobraccio, e al mio fianco c'era la femmina dagli occhi gentili che aveva voluto aspettare il mio ritorno.

Qualcuno dei baristi, con in mano nuovi vassoi di caffè, ti diceva ridendo «Disfatti dopo tanto ballare?»

«Oh, no» rispondevamo evitando gli specchi. «Le gambe, fratello, ancora non fanno male.»

E anche gli altri, attorno a noi, rientravano nel quartiere da vincitori, sazi di musica elettronica e ben disposti, adesso, verso i ritmi in levare.

Nei giardini di porta Saragozza, in fondo al cono verde che confinava con la facoltà d'ingegneria, allestito da giorni stava aspettandoci il palco da cui ci avrebbero rinfrescato, con suoni reggae e rocksteady, i più rinomati sound-system. E gli artisti del piatto giamaicano ti facevano atterrare su bassi intensi che parlavano di consapevolezza e sole, mentre i giovani maestri inglesi, curvi su rarefatte tastiere, t'aiutavano a diluire gli ultimi pensieri vanigliati della notte.

Così, bastava radunarsi sotto l'ombra fresca d'un albero e parlare un po', intanto che i joint opulenti, passando di mano in mano, ti restituivano l'appetito e riducevano le pupille alla loro giusta dimensione.

Poi, se ti guardavi attorno, vedevi arrivare i primi camioncini coi rifornimenti, le latte grandi di lager, i cartocci di spiedini avvolti nelle edizioni speciali.

Quei fogli di gazzetta titolavano isterici contro la demagogia e il lassismo degli amministratori, l'avevano in particolare col dottor Pernice, accusato di non essersi opposto allo scempio dell'invasione, di non aver saputo fermare la musica che per tutta la notte aveva mandato in fibrillazione il cuore stesso della città.

«Ma quale scempio?» veniva a chiederti, indignato, il ragazzino Kit. «Eh, fratello? In che senso ci vengono a rompere le scatole, a noialtri pacifisti!»

«Neanche un tafferuglio, c'è stato!» protestava lo smilzo Marcellus che era riuscito a discendere dal tiglio solo quaranta minuti dopo l'ora azzurra e dunque, praticamente, verso le sette del mattino. «Neanche un cazzo di vetro rotto, c'è stato!…»

«Ma se te, scusa, praticamente non c'eri…»

«Io? Sèèè!… Ho visto quasi tutto dall'alto!…»

E mentre i discorsi dei ragazzi andavano e andavano, percorsi dall'elettricità speziata e lenta del thc mischiato al primo mangiare, era la cosa più facile del mondo fare amicizia coi ragazzi venuti da fuori, o sedersi accanto alla femmina dagli occhi gentili e tenerla per mano, vicina alla tua spalla, e indicare i chioschi venuti a vendere fiori e le bancarelle di libri che dalle pance liberate dai coperchi mostravano il loro carico di testi variopinti e rari, le costole dei buoni romanzi a metà prezzo.

«Ragazzi, non muovetevi ché ci si rivede qui fra una mez-z'ora!» venivano a dirti.

«Il tempo d'una doccia, fratelli, e poi si fa tutti quanti un bel giro per le bancarelle!»

Ti scivolavano accanto, e alle spalle. Ed erano in pace, certe bande note di basette ubriache e le coppie giovani con la creatura nel marsupio. Alle volte, da un cerchio di ragazzi una voce gridava Doolittle dei Pixies, la conosci? E il disco solista di Money Mark? E il signor Monti, cazzo, l'ha visto nessuno, che mi doveva cinquanta sacchi?

Ci potevi passare tutto il pomeriggio, tra quelle parole che dette a vent'anni ti sarebbero state care per il resto della vita – a guardare i sorrisi intatti, il modo bello che avevano i più giovani di far levitare una discussione in cui potevi entrare anche tu, ché poi ti veniva chiesto un parere, un piccolo consiglio di quelli che persino un ragazzo poteva dare, quando la vita aveva l'età di tuo fratello e chi ti si rivolgeva era il pinolo che anche tu eri stato, e il tipo di diciassette anni s'aspettava una mano, un incoraggiamento che non gli avresti negato.

Col fresco della sera, tornammo a gremire i giardini per la contesa delle torce. Ognuno portava con sé una fiaccola, e il campo di grano ardeva adesso di mille lingue guizzanti, illuminando il sogno che credevamo di poter sognare. E quando deejay Bontempo iniziò a lavorare di console ci fu ancora un passamano d'accendini, e nuove fiaccole s'aggiunsero, di gruppetti ritardatari e altri che venivano per la prima volta dai paesi vicini, entusiasti della festa, alleati a rimandare indietro il malumore che sfiorava la città.

Poi, il giudice Guérin fu al centro del palco. «Avete tutti» domandò a perdifiato, «una fiamma che vi guizza tra le mani?»

«Sì!» rispondemmo a migliaia, come il tuono che propaghi dalla terra.

«E siete pronti, messeri, a scambiarvi gli auguri alla maniera del carnevale?»

Di nuovo, dal campo di grano che noi eravamo si levò il nostro sì.

«Hai udito, Bontempo? Li hai uditi? Sì, sono pronti! E allora, fratelli, sia ammazzato chi è senza fuoco!»

Fu a quel punto che le spighe s'aprirono e dai mulinelli dei primi, in un istantaneo contagio, altri vortici di spallate e urti e scarti e ripiegamenti moltiplicarono. Allora prendemmo a correrci dietro nel tentativo di spegnere le torce di chi avevi a tiro e nel contempo proteggere il tuo fuoco. Quanti lo tenevano scostato dal corpo per timore dei tizzoni, venivano presi alle spalle, e la lingua guizzante, in una cascata di minuscole braci, poteva anche essere decapitata con un calcio.

«Muori, cane bavoso!» urlavamo a chi si ritrovava senza più il fuoco. «Muori, adesso!» Ma erano urla scherzose, lo sapevamo, offese che dovevi leggere al contrario. E l'offeso sorrideva, infatti, e subito, secondo l'antica usanza dei padri, imbeccava gli assalitori: «La morte su voi, messeri!, sui vostri tetti sfondi e sulla vostra discendenza!»

Le fiaccole cadevano, e noi tutti, lottando, danzavamo sostenuti dalla forza nutriente del carnevale.

E un occhio di bue fu acceso, a illuminare la postazione di Bontempo, ché il miglior carezzavinili dell'underground s'apprestava a diteggiare per noi Last Carnival Bigbeat; a sbalordire le quagliole in minigonna col vecchio numero dello scratch di tacco. «Un applauso per il deejay!» sgolava al microfono il giudice Guérin. «Non vi sento, ragazzi!»

Udendo il boato d'approvazione che saliva in risposta dal cono buio di torce dei giardini, Bontempo uscì allo scoperto, e per prima cosa, tuffatosi in avanti, sfiorò col petto le assi del palco e a tutti noi si mostrò camminando sulle mani – le vans color senape, che, svettando, pedalavano l'aria.

«Qual portento, messeri!» tuonava il giudice Guérin. «Quest'uomo è un funambolo! Avvicinatevi, e constatatelo coi vostri stessi occhi! Non v'è trucco! Guardate!» E i più giovani s'accalcavano levando al cielo le braccia, saltando a pattuglie, dando ebbri in ismanie.

E poi, il clamore raggiunse il culmine, allorché Bontempo sollevò con l'esterno del piede l'avambraccio in cromo del Technics.

«Attenzione, guardate! Riesce davvero a sfilare il vinile con le vans! Potete vederlo? Le vene della fronte gli scoppiano, ma lui continua a resistere!... Ed ecco!, ecco!, s'inarca all'indietro e lo stringe fra le caviglie, il vinile, fino a spezzarlo!... Avete mai visto qualcosa del genere, dentro le vostre televisioni fottute?»

Potevi contarle, le gocce di sudore che dalla sua testa ribaltata piovevano sul legno grezzo del palco, e lui, simile a un grillo medioevale che si regga sui palmi, compiendo il prodigio, riusciva ad armare il secondo piatto con la punta del piede, a scoccare il diamante a pungiglione incontro al solco dell'antiqua e rombante Hell's Bells.

La moltitudine dei più giovani danzava, e anch'io avrei voluto farlo, ma poiché la mia amica senza nome, e Nelson Centocapelli, e il biondino Kit coi fratelli Morgana si tenevano indietro, senza una sola parola di protesta, rinunciai. E un istante dopo, pur sapendo ogni cosa, allorché Nelson ci distribuì i volantini che annunciavano le differenti occasioni della notte inoltrata, mi diedi anch'io a consultarli.

Potevi scegliere. Il sagrato di San Giuseppe era stato allestito per il combattimento dei galli, e se invece deliravi per le corse nichiliste alla madmax, ci sarebbero stati i prototipi dei mutoidi, disposti a lanciarsi in gara su per la vertigine delle trentatré curve; oppure, se era il buon cinema a fibrillarti il cardio, Liquid Sky e i vecchi film di Jodorowski li proiettavano sotto il gran tetto d'erba di Villa Spada.

«Perché intanto che i nostri amici decidono non facciamo due passi» venne a sussurrarmi il dandy abitudinario chiamato Massimo Morgana. Mi tirò da parte: «Stiamo via un attimo, e fra mezz'oretta ritorniamo.» «Tanto la serata è lunga lunga» sussurrò, carezzandosi le froge.

Intorno, avevamo le voci di chi veniva a rifiatare ai margini del pogo. Arrivavano le sbarbe in tuta gialla, impettite come soldatini, Monti sudato da mostro dentro un'incomprensibile giacchetta da vigilante – col collo di pelo, le tasche a toppa, le spalline in rilievo – e i ragazzetti di Anzola e Molinella, questi occhi scintillanti di contentezza, senza più le magliette, che fraternizzavano sfiniti, ciascuno stringendo in pugno la sua Ceres, stupefatti.

«Ci ho un po' di vellocet» proseguì a dirmi il Morgana, «e fra mezz'oretta siamo qui di nuovo.»

L'amica senza nome, Nelson Centocapelli e gli altri se la ridevano fra loro, e io considerai che per un poco nessuno si sarebbe neppure accorto che mancavamo.

«Si fa» bisbigliai all'orecchio del tentatore.

Quello allora mi prese sottobraccio come un confidente, o un assassino, e senza dar nell'occhio mi guidò per forse cento passi a una scostata radura d'alberelli al cui centro, in guisa d'altare disgraziato, una panchina regnava.

In alto ardevano le chiare stelle, e sulla nostra terra di ragazzi, nel cono d'ombra del parco, l'ultimo carnevale danzava come si danza in un perenne inizio.

Sedemmo, quindi, da ogni cosa scostati. E poi, il tentatore mio amico disse: «L'hai saputo, del sacco alla chiesa di San Paolo in Ravone?»

«Di cosa cianci» risposi.

«Nel pomeriggio, hanno detto. Sono entrati in una ventina e hanno spogliato il parroco. Pare che l'han portato in trionfo per tutta la Sabotino.»

Così mi parlava, preparando quel che c'era da preparare.

«Ciò che so io» dissi, «è che sul mezzogiorno un grosso gruppo di mariti cornuti ha risalito via Turati fino alla avenue. Sono arrivati coi randelli in mano, decisi a riportarsi a casa le mogli.»

«Poveri disperati. E com'è andata?»

«Hanno ribaltato, gl'ignoranti, un paio di banchetti di libri, e poi c'è stato un contrattacco. Chi ha guidato la carica non lo so. Qualcuno dice un pazzo con la giacca da vigilante armato d'un cartello, ma sta di fatto che l'hanno caricati fra bottiglie e sassate, e poi respinti fin oltre il portico sotto una pioggia di bestemmie e sputi. I cornuti si proteggevano dietro dei cassonetti di traverso alla strada, ma non appena s'è affacciata una banda più decisa, cinghie pronte e volti incappucciati, i mariti hanno subito sconigliato. Scappavano a rotta di collo giù per via Turati, e ripida com'è s'intralciavano, e ogni tanto qualcuno schiantava a terra per conto suo, con nessuno degli altri che l'aspettava.»

«Sfiga per loro, fratello.»

«Puoi dirlo. Il gruppo di testa l'han ripreso al Parco Melloni, tanto per dire se correvano o facevano finta.»

«E come l'han conciati?»

«Non t'è chiaro?»

Io risi, e l'amico tentatore mi porse la stagnola con la seconda riga buona per me.

Tacemmo, infine, come in ascolto della forza che rapida

dentro noi montava producendo la meraviglia delle simmetrie inaspettate, dei parallelismi e delle curvature che a ogni tiro di vellocet riuscivi a cogliere daccapo. Dopo, eri assorto ad ammirare la perfezione d'un cancello in lontananza, la fuga scorciata di remote losanghe che incrociavano un'intelaiatura di metallo opaco.

«Giù ai giardini cosa succede?» chiedesti. «Sento ancora la musica, ma il programma è confuso, vedi?… Non si capisce niente…»

«Non siamo mai stati bravi, coi programmi» rispose la voce di Massimo Morgana, nitida come uno squillo. «Canterà lo stesso Re Carnevale, dopo la mezzanotte. È annunciato, ormai. Farà delle cover dei New York Dolls.»

«Sai che novità» dissi. «Saranno dieci anni che canta i New York Dolls…»

«In fondo è un'attrazione.»

«Forse per quelli che vengon da fuori» risi.

«Non giudicarlo, fratello. Sai che casino, nascere così? E poi è solo un lavoro. Non migliore né peggiore di altri.»

«Mica lo giudico» dissi. Avevo la voce che uscendo dalla bocca palpitando mi rombava in testa. «Perché dovrei farlo.» Percepii le mie stesse parole come raggi che arrivavano a colpire il cuore buio d'una cosa, e non so come, ascoltandole palpitare, rabbrividii.

E salì un tenue vento, in contrasto a quelle, che per un poco fece vibrare sommessamente le foglie oscurandone la docile quiete. Qualche animale dovette muoversi in risposta, poiché ne udii alle spalle il fruscio, e subito volgendomi indietro, scorsi un drappello di quattro che al fuoco d'altrettante torce, come in uno scherzoso avanzare, s'avvicinavano.

«Chi è là» gridai con voce che avrebbe voluto assecondare lo scherzo. Ma i quattro parvero non udirmi, e fra i loro passi ineguali, senza curarsi del mio grido, furono d'improvviso più vicini, e il ghigno con cui m'apprestavo ad accoglierli, e il coraggio lento che provai a richiamare, invece di soccorrermi, subito smorirono nel mio corpo di sasso.

Strinsi il braccio dell'amico che sedeva con me, quasi dipendesse dalla sua vicinanza ch'io potessi riavermi, e lui sorrise, nonostante tremasse, e se non capii male mi disse «Resto qui, sono qui» e il volto dell'Assiro illuminato dal livido del fuoco fu il primo, che superando la tenebra, io riconobbi. I barbagli, guizzando, per via della loro stessa mobilità conferivano al volto non so più quale fissità o stilizzazione spettrale.

Sarei morto con quell'apparizione, se avessi potuto.

«Adesso ti turbi nell'incontrare un amico?» mi disse, aprendosi nel sorriso che ricordavo e che un giorno era stato il suo sulla terra – un sorriso concreto, d'incisivi scheggiati. «Siamo in un po' di gente» mi sbeffeggiò, e forse facendo un gesto ampio col braccio, fece sì che gli altri mi si mostrassero.

Sui volti di Chiara, di Tullio Ambris e dell'ex pinolo che adesso aveva assunto il sembiante d'un ragazzo più adulto, d'un me stesso, d'un ventenne che anch'io un giorno ero stato, altrettante ombre di fiamma guizzavano, e la loro apparenza, pur nell'estremo nitore in cui m'era dato di riconoscerli, era l'apparenza di maschere, o meglio ancora, di spettri.

«Che ci fate, voi, qui» domandai con l'intonazione d'un sasso.

«È carnevale» mi disse l'Assiro. «È fatale che ci si riveda, non pensi?»

«Allontana quel fuoco» gli dissi. «Spegnilo. La contesa delle torce è finita da ore.»

Provai a ridere, e poiché mi sentivo debole avrei voluto che Massimo Morgana mi spalleggiasse. Tuttavia, voltandomi con fiacca lentezza a guardarlo, m'accorsi che il posto sulla panchina accanto a me era vuoto e l'amico tentatore sparito. Non mi mossi, e solo schermai gli occhi con il palmo. «Mi date noia» dissi, «con questa luce.»

«Lo vedi quanto ti sei fatto delicato» disse l'Assiro, scostando d'un niente la fiamma.

«Se cercate del vellocet, è finito. Se volete da fumare, io non ne ho.» «Andatevene» dissi, «e lasciatemi in pace.»

«Oh, sarebbe molto bello, questo» ghignò l'Assiro. «Sul serio. Sarebbe bello, poiché nessuno di noi ha piacere di starsene qui. Potremmo andare a divertirci col resto dei ragazzi, lo sai quanto me, o fare qualunque altra cosa, ma lo capisci bene, soldatino, che non dipende da noi.»

Le parole dell'Assiro svanirono in aria, e lui, piegandosi sui ginocchi, portò la sua maschera a un palmo dal mio viso e restò a fissarmi.

Ti faceva cacare sotto, quel bastardo, e nessuno degli altri parlava. Poiché la vicinanza del suo sguardo m'obbligava a vederlo, io vidi meglio. «Quanti anni avete, voialtri» dissi piano, con la mia voce di sasso. «Tornatevene a casa» sussurrai. «Andate via» sussurrai. «Perché cavolo dovrei starmene qui a subire i vostri scherzi del cazzo.»

Nessuno rispose, e io avrei dato qualsiasi cosa pur di veder tornare indietro il figlio di puttana dell'amico mio tentatore. «Voialtri che siete vivi» dissi con voce che dileguava, «perché vi fate comandare sin qui da un morto…»

A fatica riuscii a levarmi in piedi e lo spettro che mi stava davanti fu in piedi con me. Il suo volto che aveva ancora vent'anni mi guardava, e quando la prima lacrima che non riuscii a cacciare indietro sgorgò, solo mi prese sottobraccio e senza provare a rincuorarmi né niente, semplicemente mi disse: «Se le torce ti danno noia, le spegneremo. Se qualcosa per

cui ci hai chiamato qui è stata dimenticata, noi la ricordere-
mo. Vieni, adesso, sediamoci sul fresco dell'erba e riviviamo
la nostra vita.»

Guidato dal braccio dell'Assiro che mi teneva, con gli
occhi che mi si riempivano di lacrime, sospeso e morto
com'ero, di sasso com'ero, scostatici un poco dalla panchina,
sedemmo in cinque, a semicerchio con le schiene poggiate
ciascuna a un albero giovane della modesta radura. E quando l'Assiro fece il gesto di spegnere la sua torcia, e gli altri
con lui, io li pregai tutti quanti di non farlo, ché se desidera-
vano parlarmi, d'accordo, li avrei ascoltati, ma potendoli
guardare negli occhi.

Seduti che fummo, ciascuno dei quattro con a fianco la
propria torcia piantata su un palmo di terra tenera, l'Assiro
abbracciò le gambe al petto e volgendosi a guardare il me
stesso di quando avevo vent'anni, con un semplice cenno,
l'invitò a cominciare.

Il timbro del ragazzo, di sicuro non esitava come quello
del pinolo diciassettenne che ambedue eravamo stati, ed era,
anzi, a una mezza via fra il vibrato dell'estrema giovinezza e
il rauco flanger d'adesso.

«Tu ti ricordi» mi disse. «Tòt nuèter» disse poi, «a s'ar-
curdèm…»

Apparizione delle maschere

IX

«Quando» proseguì il me stesso ch'ero stato a vent'anni, «la qui presente Chiara abbandonò il nostro capo, l'Assiro, per il qui presente bravo ragazzo Tullio Ambris, il nostro capo giurò vendetta.

«Il temibile» rise quel me stesso, «buon Ambris, il nuovo fidanzato di Chiara, lo si conosceva dai tempi del liceo, e perché lei avesse scelto quale accompagnatore ufficiale una mummia ragionevole e ottimista come certi funzionari giovani di Amnesty International è uno di quei misteri che non sapremo mai spiegare del tutto. Resta il fatto che per un certo periodo la stivalata creatura che avea sì lungamente turbato le notti dei ragazzi perbene s'era data alla macchia.

Praticamente, grazie a certe compagne giurisprudenti sbarcate da Teramo, la qui presente Chiara aveva proprio conosciuto nuovi amici e, lei pensava, povera, un codice inaspettato e migliore.

Nella nuova tribù – ma poi tribù 'sti cazzi, ché a voler dir bene saran stati dodici stanziali fra la multisala del cinema Kursaal e il tinello dei parens – il maschio dominante non veniva mica scelto fra i condottieri come l'Assiro. 'Sti cazzi, fratello, ché dalle parti della multisala tirava di brutto essere un perdente problematico, un cazzo di velleitario pieno di progetti. Soprattutto, costoro perdenti, cacasotto com'erano, e ipocriti com'erano, occupandosi dei Sud più estremi del mondo, tipo le rivolte in Terra del Fuoco, le ingiuste tasse sul macinato in Honduras e i brogli elettorali nell'arcipelago di Figàna, con tutti i figanési che aspettavano gli aiuti umanitari dall'Estero, non vorrei ripetermi, ma erano solo degli ipocriti. E il qui presente Tullio Ambris, studioso di storia e appassionato di cinema iraniano, i progetti li aveva, anche se probabilmente scritti in sumero, per cui gli diventava difficilissimo capire in che direzione politicamente corretta si poteva avanzare.

Per tutta questa magnificenza e altro ancora, accadde, o fratello, che Chiara scegliesse lo spettro qui presente Tullio Ambris, ché in quella tribù così sorda e sbagliata lui era una specie di capo, non v'era dubbio.

Altrimenti, non si spiegherebbe una fava.

Magari qualcuno degli spettri qui presenti potrebbe non capire, magari non tutti ci si ricorda di quando Chiara, dopo i sedici diciassette, da ragazzina alla Battisti s'era trasformata nella vecchia belva del Kinki, sacerdotessa del cubo e scandalosetta moderna che uno ne dispensa e cento se ne fa, finché l'Assiro con tutto il cocchio non era venuto a prenderla.

Questo, nei primi anni di formaggio dell'università, che furono anni di massimo rispetto, durante i quali usciva la sera con la nostra banda, faceva tardi nei pub, venerava il capo e allo stadio – in casa, almeno – veniva con noi.

Poi, però, sotto ulteriori influssi, non v'aveva cominciato a sentirsi infelice di quella vita, a smagrire, a indossare foulard indiani e eskimi crostosi che compiacevano assai le nuove amiche di Teramo, seducevano il Tullio Ambris e davano a questa mummia politicamente corretta la sensazione di poterla trarre, più presto che tardi, dalla sua parte?

Così, dopo dei mal di pancia psicosomatici, dei timori e tremori di lei, dei soprassalti di speranza delle amiche di

Teramo, delle gran scorreggie discorsive dell'uccello di rovo Tullio Ambris, i due fasulli si misero insieme.

Adesso, se l'Assiro non era in vista, voialtri seguaci ridevate di lei, ché Chiara oramai era una stratega prevedibile e nei suoi pensieri – vi sto parlando del biennio diciannove venti – Tullio Ambris era soltanto – voialtri l'avevate capito, ovviamente, e i due fasulli no – una specie di paragrafo scritto in piccolo tra la fine dell'età dello squasso e la laurea in giurisprudenza.

E chi la conosceva dai tempi del liceo lo capiva lontano un miglio quale prodigio di premeditazione fosse, la sua svolta perbenista: s'era imposta un poco di tranquillità, e di sicuro aveva pensato «Hanno proprio ragione mamma e Sandra Pagina. Adesso basta fare le sette del mattino in mezzo ai teppisti gelosi, ché ormai vado per i venti e posso puntare alla civiltà e frequentare gente inoffensiva». Magari aveva inseminato la casa di post-it imperativi, tipo Mangiare meno dolci oppure Restare fidanzata con Tullio Ambris – le piccole cautele autoadesive che facevano sentire un po' tranquille le ragazze deboli a livello d'ideologia venute su, a livello di weltanschauung, fìga, con la televisione.

Di tanto in tanto, la suddetta complessa natura di Chiara, non trovava di meglio che trascinare il povero Ambris nei pub di quartiere su cui regnava l'Assiro, così, ogni volta che l'inconfondibile lampo verdazzurro dei suoi occhi s'affacciava nella saletta interna del Man's Ruin, o del Carthago, sorvolando il nostro tavolo con sguardo finto innocente, accanto c'era sempre Tullio Ambris, l'ipocrita tremante, l'indegno di cotanta beltà.

Magari ci scappava un tafferuglio, delle male parole. Magari, ogni volta ci scappava qualcosa, e una certa sera di giugno, chi non lo ricorda, fratelli, proprio dei portacenere in testa, con Tullio Ambris al pronto soccorso che minacciava delle ritorsioni politiche tipo a voialtri vi faccio chiudere il pub dall'assessore. Nonostante le mazzate, il pazzo lì e qui presente, si sentiva un uomo fortunato, e a parte le tinture di iodio, i lividi, gli sputtanamenti e i vaffanculo nostri, passava i pomeriggi a scrivere poesie in francese, versi in cui farneticava di rubare raggi di sole, legarli col nastro rosso dell'amour e farne un mazzo profumato da regalare alla femmina irrequieta di cui non era, né mai sarebbe stato, degno.

X

«Finì il campionato» riprese il mio omologo di quando avevo vent'anni. «Finì la sessione d'esami, e poi, anche nel 1994 venne l'estate che tutto cancella: ciascuno di noi fu posseduto dal caldo della terra, nutriente e benefico, capace d'attutire gli astii e gli amori, di restituirci, noi ragazzi di città, alla vera natura di lupi antropomorfi in cerca d'acqua fresca e sesso senza complicazioni.

Durante le settimane migliori dell'anno, di Chiara e del suo fidanzato politicamente corretto, non parlò più nessuno.

A tal punto che certe situazioni bolognesi ti sembravano abbastanza dimenticate – e infatti si ballavano le hit delle vacanze – finché, una sera d'agosto ch'eri appena tornato dal Portogallo, la vecchia Chiara te la ritrovasti proprio sotto casa, e quella, diopòvero, aspettava proprio te.

Sedeva, abbronzatissima, su tutta la maestà del suo scooter giapponese che l'aveva vista regina delle notti tendenziose in discoteca e donna dell'Assiro.

Ciao, ti disse, e te, fratello, che rientravi dritto dritto dal Portogallo come nessuno, colto alla sprovvista come l'antiquo pinolo, lo zaino lurido che pesava in spalla, dovesti ammettere che lei non era mai stata così in forma, neppure all'epoca dei cheeseburger e delle stupide illusioni tue sui cigni e le copertine dei libri di K. Lorenz.

Tanto per dire, il disastro che lei ci aveva sul davanti era arginato a fatica dalla candida canottiera a costine. Guarda guarda chi si vede, ti disse, e, scorrettissima, conoscendo l'effetto che poteva farti vestendosi a quel modo, con le labbra appena dischiuse rideva.

Per parte tua, eri stanco e sudato. Alla fine, eri pur sempre stato quindici giorni in Portogallo. Si sa come vanno determinate storie in vacanza: ci avevi una maglietta da vomito, i calzoni da vomito, le occhiaie da vomito. Cos'è che volevi?, dicesti. Capirai, vengo dritto dritto dall'aeroporto. A piedi. Sono un cadavere…

Le sue *boccie* ti guardavano, ed era difficilissimo non sentirsi osservati. Io, disse lei, ho fatto un po' di mare e una settimana a Londra con Sandra Pagina. Un po' ci siamo divertite e un po' no. Il Portogallo, invece, com'è?

Cos'è che voleva, e perché cavolo ti faceva la posta? Fu la seconda cosa che pensasti, non mentire.

In Portogallo ci sono tipo delle edicole dove vendono il liquore. Tu sostenesti questo, e nel sostenere lo sguardo delle boccie che ti guardavano, allora potevi non saperlo, ma sembravi matto.

Venne fuori che voleva ringraziarti per una cosa da niente, successa tre mesi prima, quando l'Assiro, i due Morgana e Marcellus volevano spianargli la rigatura, al Tullio Ambris, e tu, dopo un po' t'eri messo in mezzo e gli avevi evitato i danni grossi.

Povero Tullio, ti disse. È talmente gentile, che nelle situazioni un po' brusche non è abituato…

Può darsi, dicesti. E comunque, io non ho fatto niente, e se magari l'ho difeso è perché mi vergognavo per lui, cosa credi… Non perché subisce dall'Assiro, che quello va da sé, ma per come hai ridotto un uomo sfigato in larva, per come l'hai esposto tu, capisci? Lo sai come vanno certe cose. Lo sai chi è l'Assiro e chi siamo noi, dicesti. Portarglielo sotto al naso tutte le volte, non sarà un po' troppo?

Sei ingiusto, disse lei.

Perché, la signorina Chiara era giusta?

Comunque, ti disse, con Tullio non ci si vede più, ché a lui gli voglio un gran bene ma alla fine siamo troppo diversi.

«Scusa, ma è impossibile che ti piacesse davvero. Magari era pieno d'attenzioni e setacciava nel fango delle antologie scolastiche le cose poetiche di cui l'Assiro non aveva bisogno… Va be', Chiara, non ci ho mai creduto che eri felice con Ambris, e se tornavi al Man's Ruin o al Carthago era giusto per ricordare al mondo che ancora eri in giro. Di' di no.

Lei non rispose. «E la tua ragazza» disse, «come sta?»

«Bene, grazie. Cosa c'entra la mia ragazza?»

«Niente. Chiedevo per curiosità. È bello sapere che qualcuno ha una storia un po' felice.»

«Non è una storia un po' felice. È un fidanzamento ufficiale.»

«Vi siete fidanzati con l'anello e tutto il resto?»

«Stai scherzando? C'erano centinaia d'invitati e io ero in uniforme da ussaro…»

«Quanto sei scemo», rise lei. Ogni tanto, nell'intonazione della voce venivano su le curvature da cigno, e poi, mischiate a quelle, i gesti semplificati che, volenti o no, s'era imparati tutti quanti dalla tivù, dalle situation comedy e dal cinema, bello o brutto che fosse…

«Non sono io lo scemo, dicesti. Perché c'ero quando pensavi di vivere nelle rubriche di Vanity Fair, quando ti piaceva fare la scandalosetta, la persona trasgressiva cui ogni cosa è perdonata per via dell'enorme piacevolezza… E poi non lo so, magari avrai pensato che a un determinato punto della tua vita ti conveniva diventare la donna di uno un po' famoso, e per un paio di stagioni il vecchio Assiro ti andava benissimo. Avanti, dimmi di no… È un mio amico, lui, e tu l'hai fatto diventare paranoico. Ha litigato con tutti, per causa tua, e quasi quasi sospettava anche di noi amici, quel matto, ché se lo ricordava che io t'ero stato un po' dietro, all'inizio. E te, non trovi di meglio che presentarti, un bel giorno, tutta freakettina con, a fianco, il gran campione Tullio Ambris? Bello, vero? Una carriera straordinaria, per il fiorellino che eri. Va bene, dicesti poi. Sei solo venuta a zigarmi sulla spalla o c'è dell'altro?»

«C'è dell'altro» ti disse. «Sei ingiusto con me, ma, lo stesso, dovrei parlarti di una cosa. Se non ti secca troppo…»

«Se vieni a chiedermi di fare il messaggero d'amore per l'Assiro, scordatene.»

Lei divenne un po' rossa in viso e fece di no con la testa. Ti pare? disse. Cosa c'entra l'Assiro.

Parlando, mostrava quest'imbarazzo che riusciva a tenere benissimo sotto controllo, perché lei era una di quelle attrici che sapevano usarlo, l'imbarazzo, e riuscire a smascherarla era qualcosa d'enormemente complicato, a vent'anni, nel 1994.

«Dovrei parlarti» disse, «di qualcosa che riguarda noi due.»

Ecco, ricòrdati l'umida disperazione di quella notte di agosto, il tuo down da fine vacanza, mentre la tua fidanzata è ancora al mare.

E i sociologi, o gli psicologi magari – se ne han voglia, se pensano di poter dare una mano – riflettano sulla solidarietà improvvisa che può crearsi tra due ex compagni a un vecchio concerto dei Pogues, abbandonati nella fornace della città. E i sommelier, o gli esperti in profumi, sognino l'odore d'arancio sulla pelle abbronzata di Chiara, la premeditazione sua, e il lasciare scorrere gli eventi da parte della povera vittima designata.

«Parliamo in pace cinque minuti.» Allentava le vocali come gli interpreti troppo teatrali delle fiction italiane. «Cinque minuti da soli, che ti costa?»

Poi Chiara tacque.

Forse, un giorno, era stata davvero un cigno, ma adesso, invece, non pareva proprio quel genere di ragazza che appena smette di parlare finalmente capisci quanto ha bisogno d'aiuto?

Pensasti che non darle retta neanche cinque minuti sarebbe stato da avari.

E il bacio tutto storto e finto emozionato che lei ti diede, non era da avari. E neppure il suo odore d'arancio lo era.

Così, potevi considerarti in trappola; e prenderti mezz'ora per fare una doccia e posare almeno lo zaino prima di raggiungerla a casa sua, furono le sole condizioni della tua resa.

E poi via!, in vespa come il Perfetto Coglione, ché corri persino dei rischi se qualcuno degli amici ti vede il Piaggio sotto l'appartamentino in cui vive l'ex fiancée dell'Assiro. E poi alé!, lei ti viene ad aprire coi capelli sciolti e in sottofondo si sente addirittura una musichetta birichina di Kid Creole che esce dallo stereo, e te, che hai ancora la possibilità d'una maschia fuga a gambe levate, non ti accomodi all'interno giulivo e subito ti butti a fare lo sconsiderato, sederti in poltrona, dire che ti piace l'arredamento e *last but not least* accetti – con la golosità strana d'una vecchia negli anni del fox-trot – i primi due bicchierini di chardonnay ghiacciato sorridendo sotto i tuoi invisibili baffi da topo nella trappola di camembert?

E allora, avendo proprio sbagliato tutto, essendo tardi per tutto, con le manovre d'autoaffondamento già subito irreversibili, a che pro far finta di potersi ancora salvare? E *rilassiamoci*, no?

Così, ti veniva facile facile mentire a te stesso, concedere rispetto e attenzione ai suoi discorsi standard da giurisprudente anfibia e ventenne compresa nel suo nuovo ruolo di freakettina consapevole.

Mentre dell'altro vino veniva versato, pensasti che era facile mettersi sullo stesso piano di questa incomprensibile persona che una notte di settembre, durante un concerto indimenticabile, avevi persino creduto di poter guarire.

Di qualsiasi cosa si tratti e qualunque sia il suo piano, considerò in un lampo il Perfetto Coglione che ti abitava, questa confusa, invitante creatura, ha proprio bisogno del sottoscritto.

E poi alé!, lei ti fa il carro davanti, il bue (non castrato) lo fai te, e tutte le acrobazie dell'amore sono vostre.

Poi dormi, e quando riapri gli occhi è già giorno, e Chiara ti dice: «Non è successo niente», e tu scatti a sedere sul letto giapponese come un ravveduto tardivo minacciato dalla folgore. «Sono solo le sette e mezzo» ti dice lei, come fosse una buona notizia, e tu sei già in piedi che perlustri gli angoli opposti del parquet e cerchi di mettere insieme scarpe e calzini, braghe e maglietta, la camicia e le chiavi scivolate sotto la piazza d'armi.

«Un caffè non lo prendi?» domanda Chiara dalla distanza d'una cucina sconosciuta.

«Non serve» dici tu, mentre la cinghia di pitone fa in fretta il suo slalom tra i passanti.

«Allora vai?» t'accondiscende, in un modo studiato di cui non afferri i contorni.

«Sì, eh» rispondi – ché in effetti è vero, hai una fretta della madonna, ma se lei un momentino faceva la mossa di trattenerti mica lo consideravi un insulto. «Ci ho da fare dei gran giri, stamattina presto!» dici per inerzia, e un istante prima d'esser fuori la guardi meglio, e la sua nuova maglietta di seta blu, la curva leggera delle sopracciglia, il disastro parlante che ci ha sul davanti ti costringono a darle un ultimo bacio.

Poi, da dietro la porta socchiusa resta a guardarti mentre scendi le scale, e tu da metà rampa allunghi l'occhio per controllare. Sì, è ancora lì che guarda e sorride, e tu non puoi impedirti di pensare a lei, e prima di scomparire sul pianerottolo, alzando la testa incontri il suo sguardo ridente reso vicino dalla prospettiva del giroscale.

«Buona giornata!» tuoni dalla tromba. E poi, una volta in strada, la spavalderia dell'uomo che ha appena fornicato subito svanisce e tu resti lì, col rimorso e un senso vago di minaccia che simile a una bestiola non benevola ti avvinghia la nuca ed è capace di confonderti i sensi.

Fai un bel respiro a fondo, un secondo, e quando va un pochino meglio cammini veloce raso ai muri e ogni cinque sei passi ti sembra di riconoscere l'Assiro nella camminata d'un garzone o d'uno studente ignaro che sbuca fuori da un bar, credi d'intuire il suono del suo nome nei discorsi della gente che aspetta il bus. «Un po' di razionalità» pensi. «L'importante è telare via alla svelta da qui», poiché lo sapevi e lo sai, se ti vedono sotto casa di Chiara la tua vita nel quartiere è finita.

E anche dopo, quando ormai eri abbastanza lontano dal letto giapponese per non aver bisogno di scuse, continuavi a sentirti precario come un agente segreto sotto i cieli quadrettati degli Ottanta, mentre dietro il tuo collo gli alfieri della paranoia Puff Daddy, Tom Morello e Jimmy Page suonano Three Imaginary Boys dei Cure in una più cupa versione Les Paul Standard.

XI

«Tre giorni più tardi, mentre Bologna riprendeva lentamente le sembianze mercantili di sempre, istigato dal sole di fine secolo che incendiava i prati del Forte, hai litigato con la tua ragazza che rientrava da Castiglion della Pescaia.

Certo, il grottesco della situazione – la coppia che bisticcia al rientro dalle vacanze separate – ha giocato la sua parte nel paralizzarti cieco e sordo di fronte alle sue lagne, ma il sarcasmo e il senso di superiorità che ti abitava veniva fuori dalla consapevolezza che le braccia magre di lei non erano più le sole a stringerti, che la sua pancia soda e piatta non era più l'unica che leccavi prima dell'amore.

E allora, finite le parole che si dicono sempre in circostanze del genere, girate tutte le carte in tavola, sei rimasto a guardare il vespino color crema che scodava rancoroso giù per il sentiero, e ti sei sentito sollevato, vedendo che lei era ormai troppo lontana per poterla richiamare indietro.

«Ma sì, sì, vada pure!...» pensavi, mentre il vespino scompariva dietro l'ultimo tornante in un sipario sbrigativo di polvere.

«Se crede che mi disperi per due giorni di broncio, non ha mica capito...» «Adesso» ti fregavi le mani come il Perfetto Coglione, «monto in vespa e vado fin su al prato dei cedri e mi stendo al sole in santa pace...»

E invece, dopo tutte le autoperquisizioni, le tasche dei

calzoni rovesciate, le visite sotto la sella, nelle profondità del bauletto, i sacramentari e le frasi in dialetto, le sole chiavi che ti servivano, della vespa e di casa, non si trovavano più.

E allora, insieme all'estrema mancanza delle chiavi, venne su il rimpianto per i baci mancati della ragazza fuggita via lungo i tornanti, e accompagnato a quello, di nuovo, e più lancinante, il ricordo nitidissimo del tuo moschettone con le apriporta affidato come sempre – ma senza nessuna lungimiranza, stavolta – alla Mandarina di lei.

«Tutte queste prese di posizione contro i telefonini!» gnolavi, in fronte a un cielo sordo e perfettamente uniforme, «e adesso che mi ritrovo appiedato sotto il sole a piombo, a forse cinque chilometri dalla fontana più vicina e a una giornata di cammino dal centro, anche proprio non essendo Lenin, *che fare?*»

Scendere a valle, significava lasciar sola la cavalcatura. Magari, addirittura il rischio di arrivare all'ingresso del parco e incrociare la tua ragazza che sta giusto tornando su a riportarti il moschettone con le apriporta. «A 'sto punto sarà meglio aspettare» pensavi pietrificato, cavalcioni sulla sella. «Probabilmente sta già arrivando a salvarmi, tutta smaniosa di riprendere la solfa.»

E a parte questo, abbandonare la fida cavalcatura proprio in quei pressi, davvero non si poteva, e a suggerirtelo era il ricordo di una notte adolescente in cui v'eravate accaniti in quattro, a calci e cinghiate, contro un povero Malaguti abbandonato ai Giardini Margherita. La tua cavalcatura, intelligente e sensibile com'era, pareva intuirlo, il tenore delle tue considerazioni, e se ci pensavi un po' bene lo capivi, che ti diventava nervosa.

«Tranquilla che non t'abbandono» sussurravi, inclinato sul contachilometri. Per calmarla, carezzavi la sella e dicevi

«Aspetto i soccorsi qui con te e da sola non ti lascio lo giuro.»

In circostanze simili, la terzultima sìgara del pacchetto può avere un sapore del cavolo. Oltretutto, le mosche s'erano abituate al fumo e non scappavano più. Bramavano la nicotina, pareva, e con quella, le tue belle mani e il tuo naso.

Alla fine, ti accovacciasti all'ombra d'un tiglio per timore di sudar troppo.

Maledicesti i chiarimenti di coppia in altura, la consuetudine di affidare le cose fondamentali a persone che non eri tu, il sole che, svettando perpendicolare a dov'eri ti scaldava la fronte.

Con allarme, riparando sotto un tenero alberello, notasti che l'ombra del fogliame, già esigua, andava restringendo attorno al tronco come certe isole della settimana enigmistica assediate dall'oceano.

«Meglio poggiarsi tranquilli e cercare di risparmiare le forze» dicesti piano. «Ché fino alle quattro del pomeriggio, da queste bande non passerà anima viva.» Il sole verticale favoriva le paranoie, ricordi?, e adesso pensavi alla disidratazione come al pericolo principale, intanto che progetti malsani tipo nascondere la vespa fra i cespugli bassi, attendere la notte e tagliare per i campi fino alla fattoria più vicina mostravano le loro piccole teste di demoni bisbiglianti.

«Forza, forza bambina mia» imploravi, la schiena premuta alla corteccia, «torna con le chiavi a liberarmi dall'incantesimo, ché la fida lamiera sta ormai fumigando.»

Potevi sentire la debolezza che istante dopo istante s'impadroniva del te stesso disteso, il sudore che lungo la schiena scendeva, le prime lusinghe dell'allucinazione. Offuscato com'eri dal calore, vedevi ingrossarsi le lingue di fumo che esalavano dal profilo della vespa abbandonata sul limite del prato. «Se solo avessi la forza di arrivare fin laggiù» dicevi, «potrei trascinarla al riparo dal sole a piombo.» Poi pensavi che allontanarsi dal tiglio sarebbe stato fatale: con un caldo del genere, c'era da stramazzare morti dopo due passi, figurarsi a rimorchiare tra le sterpaglie novanta chili di metallo.

«Dovrei almeno chiudere il serbatoio» pensavi, divorato dall'ansia e sempre più confuso, intanto che con occhi a mezz'asta giacevi contro il tronco, sporco d'erba e rametti come un giovane Chatwin che se la vede brutta. Respiravi lento e cercavi di radunare l'energia necessaria per strisciare fino alla vespa: «Fanculo» sussurravi. «Morire così, a cinque chilometri da una fontanella…»

Fu allora, gonfio di caldo e stanchezza com'eri, che da qualche direzione nei pressi udisti uno scalpiccio di passi in avvicinamento. Torpido di caldo e preoccupazione, drizzando la schiena dal tronco apristi gli occhi e con ogni forza residua ti mettesti in ascolto, e poco dopo, lungo il sentiero spuntò un cappello verde a tesa larga, e, sotto il cappello, un paio di gambe guizzanti guadagnavano la salita, lanciate in energica marcia solitaria.

Agitasti un braccio verso il cielo e gridasti forte per attirare l'attenzione, affinché lo slanciato non passasse oltre, e il cappello verde ruotò, puntando di scatto nella tua direzione, e le gambe che al riparo di quella tesa marciavano saltarono una linea bassa di sterpaglia, e una voce che proveniva dalle profondità del respiro disse, salvifica: «Serve aiuto?»

Le adidas tobacco del tuo salvatore camminarono nella tua direzione, e i pantaloni militari tagliati sopra il ginocchio fecero altrettanto in compagnia d'una maglietta color granata con, serigrafata in bel giallo, l'inoppugnabile scritta Lonsdale, e dalla tua prospettiva accasciata riconoscesti la salvezza che ti si faceva incontro dal dragone tatuato sul polpaccio. E quando fu abbastanza vicino al tuo strano cadavere, l'Assiro semplicemente disse: «Che cavolo mi combini, soldatino? Ci siamo dati alle spade?»

La voce ti uscì con un'intonazione da naufrago che non conoscevi: «Assiro, amico mio!, non immagini che piacere rivederti...»

«Ahó» ghignò quello, sospeso tra fiato corto e sorpresa, per tutta risposta. «Che cavolo ti prende, stai male?»

Venne a scrollarti per le spalle, e la tesa verde del suo capello ti fu a un palmo dagli occhi cascanti.

«Un mezzo colpo di sole, fratello» rispose una tua voce che andava e veniva. «Non lo so» sussurrasti, sforzandoti di fiatar fuori l'intonazione meno impastata di cui eri capace. «Mi sento confuso e un po' debole...»

«Vieni» ti disse l'Assiro, abbrancandoti con entrambe le braccia. «Coraggio, soldatino!...»

Con lui che ti sosteneva, riuscisti a tirarti in piedi, e un po' ti vergognavi e un po', abbracciandolo, gli sorridevi riconoscente in un assetato splendor di denti. «Ho avuto un attimo di smarrimento» sussurrasti al suo orecchio per giustificarti.

«Ma ti pare possibile?» disse dalla prospettiva ravvicinata del soccorritore la voce dell'Assiro. «Ti lascio solo un mesetto e ti ritrovo moribondo ai giardini del Forte?»

«È che la mia fidanzata se n'è andata con le chiavi della vespa...» rispondesti nel tono svanente dello sprovveduto che, senza sapere come, ha proprio rischiato l'insolazione. Parlando, potevi sentire la lingua sfregare contro il palato: «Ci hai mica dell'acqua potabile, vecchio?»

L'Assiro sfilò il cappello verde da pescatore e senza smettere di sostenerti per un braccio, con la mano libera sventolando per la tesa, ti fece respirare un po': «Su!, su!» t'incoraggiava, ridendo e muovendo l'aria. «Animo!, animo!, cazzo. Non morirmi adesso, fratello, ché ti vado a prendere qualcosa da bere!...»

«*Scerto, scerto*» svanivi nel caldo bianco disidratato della tua confusione. «Mica muoio per così poco, fratello!...»

E non moristi, infatti.

A tal punto, che quaranta minuti più tardi eravate seduti entrambi ai piedi dell'alberello e stavate passandovi un joint ridanciano, riparati dalla risorgente ombra del piccolo tetto di foglie. Fumando, ogni pochi minuti carezzavi con gli occhi il profilo della vespa che brillava al sole e non la finivi più di ringraziare il tuo amico per il calcio con cui avea sciolto l'incantesimo del bloccasterzo ed era poi sceso di gran carriera fino al chiosco ai piedi della collina procurandosi l'onirica bottiglia di minerale che frizzante scendeva adesso a rinfrescarti il palato e il petto. Fumando, ogni pochi minuti tiravi su un rusticano dalla bandana stesa come una tovaglietta e non appena incidevi la superficie coi denti colava fuori la vecchia sensazione di piacere furtivo, la bocca si riempiva del succo aspro del frutto non pagato.

«Com'è andata in Portogallo?» domandò poi l'Assiro. «Ce l'hai fatta ad affittare una moto?»

«No» ridesti. «Niente moto, fratello, perché dopo tre giorni che ero a Lisbona ho conosciuto una comitiva di danesi allegri che attraversavano il Paese in vanette e ho passato una settimana con loro. Abbastanza rigenerante, ti dirò...»

«Femmine ce n'erano?»

Facesti di sì con gli occhi.

«Sportive?» chiese sornione.

Facesti energicamente di sì con la testa.

«E bravo il nostro soldatino» rise l'Assiro, compiaciuto. Battendoti la mano tonante sulla spalla, urlò al cocchio accecante del sole: «Noialtri del quartiere siamo proprio tremendi!»

«Il quartiere» pensasti tu, rabbrividendo. «Le sue dure leggi.» Giurasti di non rivederla mai più, Chiara, e per un minuto pensasti sul serio di restar fedele a quel voto.

«Hai sentito le news estive?» ti disse poi.

«No, amìgo. Quali news?»

«Castro, per esempio. L'hai presente?»

«Ma chi, Castrellucci? Quello che gioca nei Never Boys?»

«Ahà.»

«Sicuro che l'ho presente. Perché, cos'è successo?»

L'Assiro ti parò avanti agli occhi i polsi incrociati. «Domiciliari» disse.

«Che altro ha combinato? Ha venduto un cinquanta a un carabiniere come l'estate scorsa al Porretta Soul Festival?»

«Rapina in banca» sentenziò l'Assiro con studiata lentezza. «Insieme a un paio d'amici suoi del Mazzini.»

«In banca? Ti giuro che non me lo vedo, il vecchio Castro incappucciato con la berta in mano…»

«Ci aveva un cutter, infatti. Quello ha visto troppe volte Point Break, te lo dico io… In ogni caso, suo padre ha mosso un po' di amici e ha evitato che finisse in gabbia, ma un annetto chiuso in casa non glielo leva nessuno… E poi, di mio fratello hai saputo?»

«Ezio o Claudietto?»

«Claudietto.»

«Cos'ha combinato?»

«Niente d'irrimediabile. Solo che entro Natale sarò zio.»

«Ma dài!… E Fatma è contenta?»

«Magda vorrebbe sposarsi.»

«E Claudietto?»

«Claudietto anche, ma senza fretta. Dice che hanno già abbastanza casini per pagare l'affitto e altri ce ne saranno quando nascerà il bambino. Preferirebbe sposarsi tra un paio d'anni, e non ha tutti i torti, secondo me.»

«Ma infatti!» dicesti. «Se stai insieme a una ragazza da quando hai sedici anni, penso che un bimbo in arrivo non sia così traumatico, no?»

«Se ci stai da quando hai sedici anni» considerò lui, «magari no, fratello.» «Passa il quinto elemento, va'» sussurrò poi, «prima che ti muffisca fra le labbra.»

E quando gli sguardi dell'Assiro ti sembravano troppo obliqui e temevi di lasciarti sfuggire una parola di troppo su una certa ragazza sua ex, scrutavi silenzioso la porzione di città visibile dal Forte. Seguivi gli archi gotici lanciati a sostenere la fiancata maestosa di San Petronio, le cime allineate dei tigli come traccianti verdi sparati all'altezza dei tetti. Di tanto in tanto, allungavi la mano ai rusticani e ti veniva in mente il tempo che scorre a scatti e trasforma il te bambino ladro di frutta in fornicatore e aspirante scrittor giovane; rapisce il portierino da cortile Davis Fracasso e manda in onda il nuovo Assiro capodrugo e rude boy.

«Hai mai fatto caso alle nuove creature che vivono in questo parco?» domandò l'Assiro con un paio di rusticani in bocca. «Le creature di Chernobyl, intendo. Quelle che non esistevano quand'eravamo bambini noi.»

«No» rispondesti confuso. «Creature tipo cosa? *Spiriti*?»

«Che spiriti! Guarda qua» disse l'Assiro, mostrandoti l'indice sotto il naso. Un insetto delle dimensioni d'una mosca e dalle ali opache color carta da zucchero, passeggiava sul polpastrello. «Questa è la colombina. Prima dell'Ottantasei non esisteva mica.»

La colombina ha passeggiato sull'unghia dell'Assiro, è

risalita verso la nocca segnata: «Questa la chiamano colombina azzurra» disse il rude boy entomologo. «Ne esistono altre due specie, la bianca e la grigia.»

L'insetto fregò le zampe e inaugurò un decollo pigro. L'Assiro allungò la mano alla bottiglia d'acqua, e prima di passartela gollò un paio di sorsi.

«Perché, la vespa gigante non è un insetto nucleare?» disse.

«La vespa-collo-di-pelliccia, intendi? Quella mi fa una paura da non dire: s'apposta negli angoli e tende gli agguati... Un secondo di distrazione e zac!, eccotela che si lascia cadere in picchiata...»

«Un po' troppo aggressiva, per essere un insetto del buon dio... quella mi sa di nucleare lontano un miglio.»

«Parente della zanzara-tigre, vedrai.»

«Tu ci scherzi, ma la zanzara-tigre manda al creatore una dozzina d'innocenti tutte le estati» sussurrò l'Assiro con sguardo grave. «La gente non capisce quant'è precaria la vita ai tempi della zanzara-tigre...Ti alzi un mattino, senti prurito su una guancia e non fai in tempo ad arrivare allo specchio che ci resti secco. Trick!, una vita di sbattimenti, preghiere e mutui che finisce in polvere. E tutto per colpa di un insetto giallo e nero lungo meno di mezzo palmo...»

«Forse hai ragione» ammettesti, mentre un brivido involontario correva lungo la spina. «Finché sono in giro mostruosità alate del genere è meglio non fare progetti a lungo termine.»

E l'Assiro schiaffeggiò l'aria al rallentatore, quasi volesse mandarle via, le cattive immagini degli insetti assassini. Poi ti guardò incoraggiante, disse: «E le mosche mutanti, fratello, le hai mai viste o no?»

«Ho visto certe moschine con un punto arancione sulla schiena, sotto le ali.»

«Ecco, fai conto che ne esiste una specie ancora più gabber, completamente arancione.»

«Dài!»

«Giuro. Un arancione tenue che pare trasparente, come la cassa dei vecchi swatch... Se la mosca atterra abbastanza vicina, puoi vedere tutte le meraviglie che ha dentro... Gli occhi ce li ha pensosi, d'un arancione più intenso. T'immagini che bellezza?»

«E dell'invasione delle nuove cimici legionarie, cosa mi dici?»

«Fanculo, *schifose* non mi basta.»

«Ne hai schiacciata una, ultimamente?»

«Fossi matto!, iniziano a puzzare da vomito!»

«Be' ne ho schiacciata una per sbaglio, l'altro giorno. Ero in bagno, e la cimice legionaria camminava contro la ceramica candida della vasca...... sai di che colore erano, le interiora? Verde acquamarina, preciso. Pure un po' fluorescente, roba mai vista, tipo il sangue del vecchio Predator.»

«Sul serio?»

«Sul serio sì» dicesti, mentre una grossa nuvola solitaria in lontananza smorzava il riflesso del sole sui tetti. Adesso potevi vederli com'erano davvero, distesa inclinata di tegole rosse, riparo per i cittadini in siesta e arena pensile di gatti aggressivi. «Lo sai» dicesti, «che sul sangue delle cimici non si scherza.»

E i tuoi sensi di colpa e l'angoscia, tutti subito trasferiti nell'entomologia, se poco poco ci pensavi, ti facevano drizzare i capelli in testa.

E nel 1994, quando non riuscivi a mettere a posto le tue cose con Chiara e cercavi di dare un senso alle tue scritture di principiante, uno straccio d'editore dovevi ancora trovarlo, e solo ti sentivi una specie di pazzo in movimento, un instabile, uno che gli mancava la terra sotto i piedi e le situazioni gli piovevano in testa senza direzioni vere né niente. Leggere Max Stirner non aiutava, e darsi le arie con gli aforismi di Federico Nietzsche pareva già allora una specie di tragedia in piccolo, una pacchianata per farsi benvolere a buon mercato dalle foglioline matricole che ancora non s'orientavano tanto bene né in città né al Dams.

Però, magari, capitava che un pomeriggio incontravi il qui presente Tullio Ambris nella Stube, lo stanzone della segreteria di Lettere ove sei scribi quarantenni e rancorosi fronteggiavano centinaia di ragazzi in attesa di timbri e certificati.

E magari era la prima volta che lo vedevi dopo le vacanze, così che ti faceva un effetto gradevole, spiarne i movimenti.

«Ecco che aspetto ha un uomo fortunato» riflettevi.

Ti divertivi a riconoscere gli indizi del suo essere un perdente financo nella erre pronunciata aguzza, nella postura da allampanato, nella maglietta prodotta in serie con su stampato il volto divenuto qualsiasi di Che Guevara.

Tullio Ambris furoreggiava, all'eliminacode. Arringava un capannello di matricole damsiane, faceva l'attore di teatro: «È uno scandalo perdere le giornate in questo modo! Io, per esempio, devo solo notificare il titolo della tesi, ed eccomi qua, in fila da giorni e giorni!… Pare giusto? Ai tempi di internet e delle tecnologie per tutti!…»

I giovani arringati, assentivano con energia, e pochi più intraprendenti dicevano: «Come no, fratello, come no», e subito quelli con la vena satirica alzavano il tiro: «È tutta colpa dei cattolici popolari che perdono i capelli nell'attesa!» e «Pensano troppo, quei ragazzi!»

E poi magari veniva il tuo turno di parlare con lo scriba, e per prima cosa apprendevi che no, il certificato non si consegnava più a quello sportello. Bisognava richiederlo in di-

partimento e mettere la firma su un foglio di ciclostile impre-
cisato che si trovava, forse, in bacheca, e il pazzo veniva a
batterti sulla spalla come facevano certi bulli per centrarti
meglio col diretto precaricato. Però, lui, era solo Tullio
Ambris. «Ciao» t'apostrofava. «Ho visto prima che facevi
una gran coda.»

«Già» potevi rispondergli tu, col massimo agio. «Adesso
però, se non ti spiace, io sgamberei, ché questo posto mi fa
star male.»

«Non parlarmene» ti rispondeva lui. «Se c'è una cosa che
non reggo è stare in fila ore e ore così per niente.»

«Non dirmelo.» Sul serio desideravi andartene.

E quello magari ti lagnava qualcos'altro sulle file studentesche dal volto umano. Le attuali non lo erano. Così ti diceva, e per un battito di ciglia a te balenava il sospetto che
magari l'allampanato sospettava. Forse, in qualità d'interpre-
te protagonista in Uccelli di rovo, aveva intuito per via rab-
domantica ogni cosa. Oppure, traversato dal lampo, immagi-
navi che Chiara non avesse resistito alla pressione subacquea
del rimorso e si fosse lasciata sfuggire qualche cosa…

«Senti» potevi domandargli allora un attimino storto,
provando a rimescolare le carte. «Voialtri siete iscritti anche
quest'anno, alla Friday League?»

«Ho versato ieri la quota» ti rispondeva bello pimpante il
cazzo di velleitario pieno di progetti. «Cominciamo tra due
venerdì contro i Never Boys. Al campo in sintetico del
Rapid, credo.»

«Allora, praticamente, venite a giocare in casa nostra…
C'è anche il mio amico Monti, nei Never Boys. L'hai presente,
lui lì? È un mostro dei primordi, un essere mica da ridere…»

No. Non lo conosceva.

Be', peccato.

A quel punto, o potevi mandarlo affanculo o lo salutavi, e la seconda ipotesi aveva sempre la meglio, ché in fondo mandare affanculo la gente quando ancora non volavano né sedie né bicchieri non c'era proprio necessità.

«Magari ci si rivede in partita» gli dicevi. «Eh, amico?», e quello, pimpante e socievole senza causa com'era, s'apriva in un vertiginoso sorriso, e quasi quasi voleva abbracciarti, ché dopotutto una volta gli avevi pure evitato i danni grossi, ed essendo politicamente corretto, 'sto merito, volentieri, te lo riconosceva, e messo da parte l'orgoglio lo capiva, che nella vita attuale quello che la sua ragazza fornicava col sottoscritto era proprio lui.

E in autunno, si sapeva, la temperatura raffreddava i legami tra le persone. A volte la tensione si smorzava in maniera insopportabile, e capitava persino di non rivedersi più come era successo con la tua ex ragazza ufficiale dal vespino color crema, e la qui presente Chiara, invece, la vedevi eccome, e ogni volta che facevate l'amore provavi dolcezze impensate, e dopo tutte le acrobazie che si facevano sui letti giapponesi a vent'anni, lei ti lasciava andar via senza mai chiederti cose del tipo «Vediamoci più spesso», oppure: «Vorrei riuscire a cambiarti», le frasi che più d'una volta, dette da altre, t'avevano fatto fuggire con le gambe in spalla.

Sì. Esattamente.

E in definitiva, chi eri tu, a vent'anni, e chi erano i tuoi amici, ciascuno con la sua maschera, i comportamenti stilizzati, le interpretazioni della vita al posto della vita vera, i patti di fratellanza che potevano essere violati, se solo riuscivano a tentarti abbastanza le canottiere a costine delle ragazze o il lampo verdazzurro d'uno sguardo che richiamando ti teneva indietro, in un teatrino d'ombre, alla fine, in cui non c'era più posto per i giusti sogni, per immaginare qualcuno come

un cigno, e solo si bruciava, d'incazzature e rabbie e seduzioni, in strade e discorsi sempre più poveri, davanti a cui ci
si sforzava, disperati e matti, di conferirlo noialtri, un senso,
intanto che il passo fluviale del mondo, tutti quanti noi cie-
chi e sordi, ci trascinava...»

«Tu ti ricordi» disse il mio omologo di quando avevo
vent'anni. «Nuèter» disse col suo volto scolpito che luccica-
va di barbagli, «tòt nuèter, quattro che siamo, a s'ar-
curdèm...»

XII

«E appena la macchina della madama passava oltre senza occuparsi di voi, l'Assiro poteva montare in piedi sul ponteggio. L'avevate fatto tante altre volte e quella tiepida notte d'ottobre del 1994 tuttavia, se ancora non t'era dato di saperlo, era l'ultima, poiché di lì a poco non ci sarebbe più stato tempo per nulla, poiché non a tutti, avrebbe cantato la campana dei ragazzi, non a tutti, condottieri, o figure di mezzo, o perdenti che fossimo, erano concesse le stesse possibilità.

«Aspettami» dicesti in modo soffocato. «E fammi cenno quando c'è via libera.»

«Muoviti» disse l'Assiro. «La conosci a memoria, questa cavolo d'impalcatura.»

Avevi freddo e sudavi, quella notte, ed essere ai piedi dello scarno ponteggio che tante volte avevate arrampicato, ti metteva addosso un'agitazione di cui non sapevi dire. Forse per via della macchina della madama, che lenta e incurante era passata, come un cattivo auspicio.

A un bel momento, prima di uscire da dietro la colonna con gran cautela, pensasti ch'eri ancora in tempo per trovare le parole giuste da dire all'Assiro, convincerlo a non salire fino in cima, e fare un salto, magari, a bere un paio di birrette al Man's Ruin.

Invece poggiasti i gomiti sull'asse più vicina a terra, poi

con un colpo di reni t'issasti anche tu sul ponteggio. Sgambasti in aria, l'Assiro t'aiutò a metterti in piedi.

Il primo piano dell'impalcatura era posto, in altezza, a un paio di metri rispetto alla strada, e la cima del portico gli svettava sopra del triplo. Più in alto, il ponteggio s'addossava ai cinque piani dell'antica facciata di Palazzo Casali, fino a perdersi in una più alta piattaforma provvisoria sospesa, ove gli operai del cantiere custodivano i coppi nuovi impilati per la copertura del tetto.

Era necessario raggiungere almeno il secondo piano dell'impalcatura, per essere certi che i fari improvvisi delle auto lungo la discesa non v'inquadrassero. «Avanti, soldatino. Muoviamoci» disse l'Assiro. «Ché siamo nel punto più esposto!»

S'avviò su per la scaletta facendo vibrare la struttura, ma non era di quelle vibrazioni che ti preoccupavi: su un'impalcatura del genere, durante il giorno, ci lavoravano anche quindici operai contemporaneamente, e di sicuro non sarebbe certo crollata per il peso di voi due guerrieri giovani. La tua paura, se mai, era mettere un piede in fallo, o sbilanciarti oltre il modesto parapetto che cingeva la costruzione dal lato affacciato sulla strada.

Comunque ci eri affezionato, a quello scheletro polveroso addossato agli archi. Arrivare alla piattaforma che s'apriva in cima era sempre una buona emozione. Senz'altre parole, seguisti l'Assiro al secondo piano. I muratori avevano lasciato lì un secchio: dentro c'era un mattone, ché il vento non lo facesse volar di sotto, e un paio di guanti da lavoro che subito infilasti. Dalla strada, adesso, non potevano più vedervi.

«Quando è stata l'ultima volta che ci siamo inerpicati da queste parti?» chiedesti all'Assiro che già attaccava la scala successiva.

«In luglio, mi pare» disse il tuo amico e condottiero scomparendo nel passaggio che portava al terzo piano. E poi, da sopra: «Prima che te ne andassi a fare il maraglio in Portogallo con le turiste danesi e compagnia bella.»

Quando arrivavi al terzo piano, eri già a una discreta altezza. La prima volta che il tuo amico Assiro ti ci aveva portato, t'eri un attimino cacato sotto e non ne volevi più sapere, di montare oltre. Lo percepivi che c'era una specie di confine, qualcosa che rendeva il pericolo talmente decisivo da non poter più crescere. Era il vento notturno che ti metteva un po' paura, lo sai, ché a terra non lo percepivi così minaccioso. Vi fermaste a respirare un istante. «Guarda quale magnificenza» disse l'Assiro mostrandoti con un gesto largo la città addormentata. «Bisognerebbe trovare un modo per viverci sempre, in una prospettiva così.»

Adesso che avevate raggiunto la sommità del portico e v'apprestavate a scalare la facciata, il dislivello tra un piano e l'altro si riduceva, i passaggi erano più angusti e anche le scale appartenevano a un ordine diverso: non più congegni d'assedio dai lunghi montanti, ma scalette di sicurezza da speleologo, fissate a una doppia piattaforma in metallo.

«Hai visto come sono fatte?» disse l'Assiro. La sua voce ti arrivava direttamente dal quarto piano. «È il peso di noialtri a tenerle ferme in posizione…»

«Sarà» dicesti mentre i pioli cavi ti scricchiolavano sotto i piedi. «Però non me le ricordavo così sottili…»

«Queste reggono dieci volte il tuo peso, non preoccuparti» piovve dall'alto la voce strana e lenta del compagno che ti guidava.

Montasti di traverso, in scia al tuo amico condottiero, dal quarto al quinto piano, e poi al sesto. Adesso dovevi poggiarli ben larghi, i piedi, ai lati del passaggio da cui eri spuntato, che in verticale s'apriva nel perpendicolo d'altri identici di cui scorgevi la direttrice giù fino a terra. E poi bisognava girarsi, ché l'apertura in cui s'infilava l'ultima scala l'avevi dietro le spalle, e avresti dovuto muovere una ventina di passi incerti fino all'altro capo del ponteggio, con tutto il senso della precarietà umana che ti stringeva la gola, prima d'attaccare l'ultima serie di pioli.

Poiché esitavi, l'Assiro si piegò sulle ginocchia e mostrò il viso su cui una debole luce indiretta di stelle arrivava, e così affacciandosi nel pertugio che consentiva la salita, t'incoraggiò coi modi ch'erano i suoi: «Dài, bello. Abbiamo disimparato come si fa?»

Tirasti un sospiro, e poi, abbandonato l'appoggio del tubo rugginoso che proteggeva il lato esposto sulla strada, prendesti a salire verso la piattaforma. Ognuno dei pioli ti costava fatica, e il tentativo di non darlo a vedere t'affaticava più di tutto. La luce della luna faceva la piattaforma identica a come la ricordavi, simile a un'esigua tolda di nave, o a una casa sull'albero senza tetto né pareti. Dava una buona impressione di solidità estranea al resto della costruzione, forse per via dell'ordine geometrico dei coppi che, impilati, lo presidiavano. Ti puntellasti sui gomiti e con l'ultimo sforzo raggiungesti l'Assiro. Il tuo amico condottiero se ne stava accovacciato tra le basse colonne d'ampie tegole che occupavano gran parte della piattaforma. S'abbracciava le ginocchia e scrutava in basso, come avesse perduto qualcosa di prezioso lungo il fianco della collina e guardando da lassù fosse più facile ritrovarlo.

«Hai visto, soldatino?» disse indicandoti una specie di camminamento che scavalcava il tetto di Palazzo Casali. «Questo l'hanno costruito durante l'estate. Si può passare dall'altra parte e scendere nel cortile, da qui.»

Lo guardasti perplesso. Non vi eravate mai spinti oltre, e la piattaforma dei muratori, il vostro nido d'aquile, era una meta che di solito si festeggiava fumando una sigaretta nascosti tra le pile di coppi, riparandosi a vicenda dal vento notturno.

«Amico» dicesti. «Guarda, saremo a quindici metri da terra. Personalmente, se potessimo evitare altri equilibrismi, io sul serio li eviterei.»

«Già» disse l'Assiro incurvandosi ancor più, come un mendicante giovane male in arnese. «Gli equilibrismi è meglio farli nel letto di Chiara, vero? Laggiù è più sicuro. E piacevole, lo sai quanto me.» La sua voce, adesso, poteva anche gelarti il sangue. «Si rischia meno, in quel cazzo di letto giapponese. È questo che devi aver pensato, non è così, amico mio?»

Sentivi il gelo venir su dalle gambe, venir su dappertutto. «Te ne avrei parlato stasera stessa» disse la tua voce torpida che gelava. «Io ti giuro che l'avrei fatto.»

«Sì, vero.»

«Te ne avrei parlato. Avrei dato un braccio per non doverlo fare, ma l'avrei fatto.»

L'Assiro rise, d'un ghigno non di rabbia, ma colmo piuttosto di dispiacere, se un modo di ridere così potrà mai trasmettere il sentimento del dolore. «Non m'importa delle tue scuse» disse piano. «Se pretendessi le tue scuse, amico mio, prima ti massacrerei di botte, o ti butterei giù in strada come un sacco di stracci. Non credo ci sarebbe bisogno di tante spiegazioni né di scuse, dopo.»

La tua voce che esalava riuscì a dire: «Non minacciarmi. Io ho fatto un grave sbaglio, ma tu non minacciarmi.»

«Oh, se volessi minacciarti, tu lo sapresti in modo così nitido che non ci sarebbe da dire niente, proprio niente.»

«Ho fatto un grave sbaglio» dicesti, «e io di questo, non posso chiederti scusa...»

«Non farlo, allora.»

Eri in piedi com'eri, che gelavi e ti tenevi stretto all'estremità d'un ferro oscuro che per quanto potevi capire, riusciva a trasmettere la sua qualità di freddo ben oltre la protezione dei guanti. «Cosa dovrei dirti, allora.»

«Niente.»

Per un po', come accade nelle situazioni irrimediabili, addirittura sperasti che fosse il tuo amico a trovare da qualche parte una pietà che forse, tu per primo, non avresti avuto. Ma lui non disse niente, e solo, con un movimento lento del braccio, t'invitò affinché potessi sedergli accanto.

E di lontano salivano, dai reticoli popolosi di traffico, i gas attutiti e le fiammelle intermittenti delle gabbiucce con le ruote. Ciascuna delle scocche che riuscivi a distinguere, prendeva le direzioni del centro, o affluiva in serpenti più stretti, infoltendo lungo laterali ove i gas forse riuscivano a rendere più tiepida l'aria in un sussultare d'ammortizzatori e marmitte sferraglianti lungo il porfido guasto. Così, c'erano le povere luci sulla terra e le stelle che, remotissime, erano, in quella distanza, più vicine di qualsiasi sciabolata d'anabbaglianti o piccola luce arancione alle finestre. Immensamente vicine, nella loro immensa distanza. Allora pensasti che l'insieme che insieme raccoglieva questo unico mondo, non solo aveva a che fare con la distanza che separando le luci, con maggior forza le univa, ma nel suo alveo teneva, in quello stesso dialogo fra vicinanza e distanza, i vostri ineguali destini.

«Non credo» sussurrò l'Assiro tuo amico, «che noi due saremo più quassù, a poter partecipare, non visti, a tutto questo che vedi.»

Poiché eri uno sciocco, subito pensasti che le cose erano

semplici semplici, e che lui si stava separando da te, con quella strana pace, con la sua rabbia tirata indietro, come farebbe un amico che sappia d'aver ricevuto un torto, il peggiore e il più ingiusto degli schiaffi, da una persona di cui si fidava. Allora, poiché la punizione era giusta, e resa come opaca dal dolore, ti sentisti sollevato, e in quella tregua, poiché eri uno sciocco, pensasti che tutto sommato l'avevi scampata, e avresti voluto dirgli qualunque cosa, ché il gelo piano piano si scioglieva lasciando che il sangue rifluisse con generosità dalla punta dei capelli ai piedi chiusi nei tuoi scarponcini nuovi di negozio. Ma le parole non vennero, tu tacesti, e ancora una volta fu l'Assiro a parlare.

«Quest'antica costruzione, presto, sarà restaurata. Era stanca, era malata, e gli operai del cantiere, lavorando, l'aiuteranno a restare in piedi. E fanno bene, poiché questo è proprio un buon posto. E anche la città che lo ospita, la città in cui siamo nati, è un buon posto...»

Pensasti che se voleva congedarsi da te, la stava prendendo lunga, ma d'altra parte, il ragazzo che ti sedeva accanto era pure sempre l'Assiro, e nella condizione in cui eri, invece di sorridere perché lui parlava ispirato, senza guardarlo incrociasti le braccia al petto e proseguisti, per un po', a scrutare nell'incerta direzione dove lui stesso guardava.

«Noi viviamo in questo mondo tutto costruito» proseguì l'Assiro. La sua voce non tremava né era ferma. Semplicemente, era una voce che non avevi mai sentito. «Questo mondo tutto costruito è la nostra casa, che noi lo vogliamo o no. Sono venticinque giorni che ci penso, e all'inizio, preoccupato e stordito com'ero, proprio non capivo niente di cosa, dentro di me, parlava...»

«È la nostra città» dicesti. «E io ti capisco.» Mentre le tue considerazioni qualsiasi andavano, nella musichetta della tua testa s'era affacciata una canzone nuova, suonata certo non da una grande orchestra, che ti diceva ha scoperto tutto, di me con Chiara, venticinque giorni fa. Che poi sarebbe stato un martedì, un mercoledì. Sì, ha parlato con Chiara tre settimane fa e la stronza gli ha raccontato tutto... Fra la prima parte del concerto e la seconda, l'orchestrina che suonava nella tua testa lasciò che i musici, messi da parte gli strumenti, si rivolgessero al pubblico e come in un a parte, sussurrassero avete visto che mirabile esempio d'amicizia! L'Assiro conosceva ogni cosa, eppure non l'ha assalito come il fedifrago s'aspettava... Ha meditato, invece, e ha trovato la soluzione più inattesa e nel contempo, signori, la più giusta!...

Di nuovo, avresti voluto dirgli qualunque cosa, ma la tua testa che faceva i calcoli mandava in onda solo le tabelline e i martedì e mercoledì della settimana.

«Se ci fossero per le persone operai altrettanto bravi come quelli che lavorano ad aggiustare questo antico palazzo, chissà in quanti si salverebbero.»

«Adesso stai male perché ti senti offeso e una certa ragazza sarebbe stato molto meglio per tutti e due se non l'avessimo mai conosciuta...»

«Oh, non disprezzarla, lei.»

«Va be', ma per essere stronza, scusa, un po' stronza è... Lo sai come fanno, no? Ti provocano...»

«Cos'altro potrebbero fare?» ti disse l'Assiro. «Nessuno gli insegna niente... Io, per esempio, non credo di averle insegnato niente... Sarà una colpa, questa?»

Ti diventava pedagogico, vero? Sull'interrogativo, ti andava.

Male come doveva sentirsi, era meglio se invece di venire a farti certi discorsi ti dava un bel pugno e via. Pensasti questo, e in lontananza, forse dagli alberelli o dal po' di piante in vaso che dovevano adornare, giù in basso, il cortile che avevate alle spalle, salì il canto sonoro e melodioso d'un merlo; e di sicuro pareva strano, e di sicuro doveva trattarsi della prospettiva da cui guardavate, poiché il canto del merlo si sentiva come fosse presente, e lo sfolgorìo del traffico, invece, con tutti gli sferragliamenti e le clacsonate, era silenzioso quasi foste in un sogno.

Allora l'Assiro disse piano «Cosa non darei, fratello, per una giusta birra».

«Lo vedi che non stai tanto male?» dicesti. «A uno che gli va di bere birra, certi dispiaceri del cavolo mica lo uccidono!...» Poiché eri sciocco, ridacchiasti persino.

«Presto, fratello» bisbigliò il tuo compagno, «io sarò... Come dice quella canzone di David Bowie?... Oh, sì, cenere alla cenere, dice...»

«...Ashes to ashes?» ridesti senza capire. «Che razza di discorsi, amico mio!»

«Per un po' non ci vedremo» rise, piano, anche lui. «E visto come ti sei comportato, non sarei l'Assiro, se sostenessi che mi dispiace...» S'interruppe, e curvo come sedeva, scosse un poco la testa. «E invece, guarda tu, son qui che mi sento il vuoto dentro al petto...»

«Io ti capisco, Assiro...»

«Per questo siamo saliti fin quassù, stanotte.» La sua voce era tenue, e il canto del merlo, dabbasso, melodioso e sonoro come in un sogno, e tu gli guardavi le ciglia, all'Assiro, il profilo da ragazzo, e le ciglia erano folte, e il profilo intatto, poiché il ghigno non se n'era andato, e in quella poca luce ogni cosa era uguale e già non era più uguale.

«Parto con mio fratello più grande» disse lui «perché gli altri, a casa, ancora non sanno nulla, ché non mi va di preoccuparli prima del tempo, con tutti i casini...»

Vedrai, pensasti, che il pazzo s'è messo nei guai con la giustizia e adesso tipo sente il fiato sul collo e preferisce togliersi di torno per un po'. «Che cavolo mi combini, vecchio? Cos'hai combinato?» Capirai, quasi quasi ridevi, ché ti sentivi al centro d'un segreto avventuroso, nel cuore d'un espatrio... Magari, a cambiare bene i nomi e le situazioni, ci scappava un racconto decente da spedire a un concorso. Sì. Quasi quasi ridevi, ché un giorno avresti potuto trovare un piccolo editore e raccontargli tutto. L'avresti colpito, no?

Tu ti ricordi, e tutti noi ricordiamo.

Allora lui, visto che s'era accompagnato fin lassù con l'amico più sciocco, con l'aspirante scrittore più sordo del mondo, passandoti un braccio sulle spalle, e proprio avvicinandosi a guardarti con le ciglia che inumidivano, sommessamente ti parlò.

Carnevale. Giorno ultimo e terzo

La voce del mio omologo di quando avevo vent'anni tacque, e io, a capo chino, provai a nascondere le mie lacrime allo sguardo silenzioso degli altri. Ancora sedevamo, scostati dalla panchina su cui gli spettri erano venuti a sorprendermi mentre, reso sensibile dal vellocet, aspettavo solo credendo d'essere in compagnia.

Eravamo ancora noi, maschere morti e vivi, disposti a semicerchio, le schiene poggiate ai tronchi giovani di quella modesta radura.

Tre delle quattro torce erano ormai quasi spente, e solo quella del mio omologo ardeva, come alimentata fin lì dalla spoglia nutriente del suo racconto.

E quando l'Assiro, senza rivolgermi parola, in silenzio com'era stato fin lì, fece il gesto di sfilare l'asta della sua torcia smorente dal palmo di terra tenera in cui era confitta, gli altri, in silenzio, fecero esattamente lo stesso, e subito, con mia enorme e differente angoscia, furono in piedi davanti a me.

«Perché andate via!» gridai loro, come riscuotendomi dal torpore d'una veglia sofferente, o da un tremendo sogno. I miei occhi lacrimavano, e la mia voce penosamente s'arrestava: «Non vedete tutto questo dolore?»

«Dialoga con esso» rispose l'omologo, in piedi come gli altri, richiamato indietro dalla notte stessa. La sua giovinezza pareva conferirgli un coraggio che io potevo non riconoscere più, e il suo viso era quello d'uno spettro. «Dialoga col tuo dolore» mi disse, muovendo un primo passo a ritroso e poi un altro. «Dialoga con esso, e il tuo dolore ti risponderà.»

Finché gli fu possibile guardarmi, lui mi guardò, e io gridai il nome di Chiara, e ben vedendo che nessuno mi rispondeva, persino supplicai la maschera raggelata di Tullio Ambris, la sua ombra leggera che nella notte dileguante svaniva insieme all'Assiro, il mio comandante morto di cui ora distinguevo appena le spalle, e, in modo incerto, il fitto dei capelli tagliati corti alla nuca.

Tutti gli uccelli del giardino tacevano, il vellocet aveva perduto il suo influsso e io, in quell'enorme silenzio, girando gli occhi non mi stupii di vedere il tentatore Massimo Morgana che, seduto accanto a me, vegliava con lo sguardo dilatato la bassa porzione di cielo meno buio che da dietro le foglie, piano piano, ci osservava.

«Hai dormito per ore» mi disse ridendo, «nonostante il buon vellocet! Ti pare il modo, con quel che costa fiutarlo?»

Sentendolo vinto da calcoli prezzi e scontrini, considerai che il dandy mio tentatore non era nemmeno al primo cantone del suo viaggio, e poiché era un abitudinario, immaginai provasse solo un po' d'appetito, adesso, e nient'altro.

«Te non hai fame, vecchio?» mi disse, levandosi in piedi e stirando i bracci, la schiena. Sbadigliava al giorno futuro, e offrendomi la mano, fece in modo che anch'io mi levassi. «Guarda che dopo averti vegliato tutta notte» ghignò, «i prossimi duecento caffè me li devi!»

Fra meno di quaranta minuti, si sarebbe mostrata la luce vera del giorno, e il buio d'ombra che ancora ci circondava, e il silenzio degli altri dormienti che nelle aiuole dei giardini s'eran distesi dopo le molte ore di musica e spettacoli vari – di motocicli e di cinema in giro per l'antiqua Bononia – ci guidò in cerca degli amici dimenticati, e della femmina senza nome che forse, parlandole, sperai m'avrebbe capito.

Li trovammo dopo un centinaio di passi, nel punto esatto dove l'avevamo lasciati. Dormivano distesi nel sonno di sasso che hanno a volte i ragazzi, e io, vedendo che lei giaceva senza intorno nessuno, con ogni cautela, sfiorando le sue braccia distese, assecondando la stanchezza chiusi gli occhi ed ebbi, in cambio, una tregua.

Avevo sognato a tal punto, e per tutto quel tempo, che subito la quieta pace del sonno m'accolse, e per un po' riposai.

Trascorsa l'alba, ci svegliò il frastuono dei quattro carri incolonnati che, come colossi della gioventù, adesso manovravano lungo la direttrice dei viali.

Il grosso camion dei deejay house era di nuovo avvolto dai pennacchi dei fumogeni multicòlor, e il prodigio a forma di tank rivestito di frasche e stendardi rastafari, come all'inizio ospitava, lungo la parte piatta del dorso trasformata in trincea, i suoi artiglieri e l'immenso Montarbo. Avanti a quelli, la betoniera verniciata d'argento spiccava, e il tamburo che incombeva sul dorso aveva già ripreso i pastosi giri ruotanti, intanto che il vascello portoghese di cartapesta chiudeva, colmo d'uomini medicina sul ponte e cordami che in faccia al bianco delle vele infittivano, la coda della lenta manovra.

Eccoli, dunque!, che si stagliavano contro l'azzurro già nitido del primo giorno, fra solchi d'ombra a perdita d'occhio, nella prospettiva profonda del duplice rettifilo d'alberi di via Carlo Pepoli.

«Vanno al terreno del Rapid per le ultime ore di musica!» mi gridò negli orecchi lo smilzo Marcellus.

Strofinai gli occhi, e senza poter rispondere nulla ebbi accanto il Morgana che, neurastenico, reclamava i caffè.

Guardai l'amica senza nome, appena sveglia al mio fianco; le sue iridi ridevano, e per prima cosa mi disse che era felice: «Sei stato gentile a dormirmi vicino.»

Ci avviammo, e Nelson Centocapelli era con noi, e così i due Morgana, e Kit, e poi il vecchio Monti con la giacca da vigilante, e lo smilzo Marcellus.

Facemmo colazione al bar della porta, in mezzo ad altri amici sgolati e senza cuore, fra ragazze assonnate e ancora bellissime nel trucco disfatto.

Mangiammo avidi i tramezzini, e le paste fresche alla frutta, e ascoltammo i racconti di poetici sbarbi e convenimmo con un ragazzo ubriaco, seduto al tavolo a fianco, che la nottata appena trascorsa nessuno di noi l'avrebbe dimenticata.

Poi bevemmo cinquemila caffè corretti sotto il fresco degli archi, mentre i ritardatari uscivano dai giardini e di mezza corsa andavano a ingrossare il serpente colorato di voci che, preceduto dai carri sputamusica, avanzando lungo la avenue puntava la testa verso il terreno del Rapid.

Noialtri ci tenevamo in fondo al corteo, con Monti che prendeva a calci le lattine vuote e ne sparava di grossissime e pareva di sentirli, i bolognesi rancorosi che da dietro le persiane ti urlavano : «Stasera finite di godere, randagi!»

«Morte a voi, concittadini!» abbaiavamo in coro, volgendo in alto le teste ghignanti, agitando i pugni: «Seguiteci, poltroni! Ch'è ancora carnevale, avanti!, per noi e tutti quelli che sanno cos'è una festa!»

Giungemmo, infine, in vista del terreno del Rapid, e ovunque, all'intorno, regnava la tranquillità.

A centinaia ci accucciammo nel recinto di gioco. A coppie. A piccoli gruppi. A pattuglie.

Fu allora che deejay Bontempo suonò dalla consolle

interrata sotto la tettoia delle panchine, e suonava cose invecchiate e un poco sentimentali, tipo le svisate dei Kinks e This Youth Ain't Made For Waitin'.

«Cosa fa Bontempo?» domandammo in tanti. «Vuole vederci piangere?» «Ti ha dato di volta?» gridammo. «Metti su il nostro inno, vecchio!»

Schiamazzammo per Three Imaginary Boys, ma all'improvviso Bontempo non era già più in consolle, e anzi, era scivolato via senza salutare dopo aver affidato i piatti a certi amici sostitutivi dell'underground.

Lo capivi, che stavano un po' finendo le cose, adesso, e presto sarebbe arrivata la quaresima degli sbirri.

Tuttavia, i più facinorosi mangiarono di nuovo il corpo della musica, e noialtre facce note dell'old school, invece, preferimmo sederci in cerchio vicino alla bandierina del calcio d'angolo.

Lasciammo, allora, che il sound astratto che già ci aveva visti mostri tornasse a scivolarci addosso, mentre dalla nostra posizione seduta fotografavamo i corpi elettrici dei ragazzi di Casteldebole e del Fossolo che si scuotevano sul tetto degli spogliatoi.

Ancora una volta, brucammo insieme l'erba buona e appiccicosa che risveglia la memoria, ricordammo le sere in cui avevamo cantato insieme traversando piazzali stranieri.

«Cosa pensavamo in quei momenti?» dirà la voce nebbiolina di Marcellus. «Io, fratelli, quasi non ricordo!»

«Facevamo sogni strani, una volta!» risponderà, in tono grave, Tommy Boy. «Volevamo una vita in stile moderno! Essere senza radici!...»

«...È vero!, ci son spuntate, poi, a furia di negarle! Si sono insinuate sotto la terra proprio mentre progettavamo d'andarcene!...»

«...Sì!, sì!, è venuto giù tutto dritto nel solito modo! E alla fine ci siamo ritrovati inchiodati ! Siamo diventati, o fratelli, dei bersagli un po' facili!...»

E mentre così discorrevamo, venne dunque l'armata blu, la vedemmo, inquadrata e tozza, coi caschi che brillavano dietro gli scudi e i profili delle camionette a confondere il meriggio. Si tenevano a distanza di rispetto, appostati nei punti che credevano strategici, con gli uomini comandati ad arrostirsi nei cellulari ormeggiati al largo.

Ma fino al tramonto inoltrato, nessuno dei loro elmetti avrebbe messo piede sul terreno del Rapid.

«Guardateli! Stan lì a contare i minuti, i pòlici coi gufi!»

«Ignoriamoli, fratelli!, poiché fino al tramonto la legge siamo noi!»

«Questa è buona, vecchio Monti! La legge! Sei un comico, forse? Un animatore? Sai quanto ci mettono a sgombrarci, se gli gira?»

«Sono quasi le quattro del pomeriggio» disse la tua amica senza nome. «Io devo andare, adesso.»

«Sul serio, devi?»

Lei annuì, e lo fece con gentilezza. «Avrai anche tu» disse, «qualcuno che t'aspetta a casa.»

«Alla vecchia casòpoli, dici? Sì, ci ho i parenti, ma loro mi aspettano per domattina.»

«Me, invece» disse lei abbracciandoti, «m'aspettano per cena...» «Devo» sorrise, «prepararla io. Per la persona con cui sto, che rientra stanotte da Ventimiglia...»

Fa' tè!...

«Capisco» rispondesti, lamierato d'attenzioni come uno steward. «Così adesso succede che ci salutiamo e tipo non ci si vede più?»

La tua amica senza nome si strinse nelle spalle. «Credi

non mi dispiaccia?» disse. «Secondo te, vado via apposta per ferirti?»

«No» rispondesti. «Non credo. Però mi stai parlando già da fuori, e forse è meglio che t'accompagni, amica mia...»

Le tue lamierazioni di dispiacere, le sentivi come una camicia di Nesso che sfregava.

Allora lei scrutò oltre il recinto, misurò con lo sguardo la sponda di viale presidiata dalle camionette, i movimenti discreti dei caschi polizieschi. «Bisogna passarlo per forza» chiese, «la specie di posto di blocco?» e subito, vedendoti ondulato dalla lamiera del dispiacere, volle, nel suo modo adulto, abbracciarti.

«Comunque, no» dicesti, guardandola da molto vicino, «non occorre arrivarci, là in mezzo. C'è un passaggio segreto, dietro il muro degli spogliatoi. L'abbiamo preparato noi ragazzi per quando verranno a prenderci.»

«Dovrò andarci sola?»

«Secondo te ti mando in un passaggio segreto da sola?»

Ondulato, sagomato, la prendesti sottobraccio, la tua amica senza nome, e camminando a quel modo superaste i corpi lucenti e umidi di chi ancora non si dava per vinto, gli zaini ammassati a ridosso del cancello principale.

Usciste dalla recinzione e chiudeste, alle spalle, la porta degli spogliatoi.

Apristi l'armadietto vuoto addossato alle docce e ti piegasti a indicare il perimetro che avevate lavorato con l'ossidrica. «Dietro questo pannello c'è soltanto un muro di cartongesso» dicesti. «Sarà sufficiente una spinta leggera, amica mia, e sarai in strada.»

«Ma quanto ci avete messo?» rise.

«Meno d'una notte. Sta' attenta, ora. Sbucherai in una via tranquilla e in leggera pendenza. Se segui la discesa arrivi al viale, e lì ci sono i taxi e le balene arancioni dell'Atc. Io resterò a controllare che tutto fili liscio. Non preoccuparti di niente, appena ti vedo sul primo taxi questo pannello prodigioso lo richiudo io, così noialtri che usciamo dopo» sorridesti, «per stavolta, almeno, non ci si autosputtana.»

Spingesti coi palmi aperti contro il fondo dell'armadietto; il rettangolo di cartongesso crollò all'esterno. S'aprì un'apertura di luce e pulviscolo grande abbastanza per la tua amica senza nome e ci fu il tempo per un bacio e un in bocca al lupo e nient'altro, ché la sua figura leggera era già dall'altra parte, in istrada, e tu la guardavi andar via senza voltarsi, aggraziata nella leggerezza adulta che l'abitava, e già lontana.

Così, richiudesti il pannello e restasti solo.

Intorno c'erano le piastrelle buie, le panche buie, le cose buie dello spogliatoio del Rapid.

Sei talmente stanco, all'improvviso, con nelle gambe cinquanta ore di macumbe più o meno vanigliate, che le natiche ti si siedono da sé, insieme ai calzoni corti e ai polpacci un po' pelosi, e i calzettoni e le fanghe scamosciate.

Se solo potessi vederti, la giacca che indossi, di velluto turchino, con quei pazzeschi revers, dovrebbe metterti di buonumore.

All'esterno, infuria una versione dilatata e acida di Three Imaginary Boys, e all'improvviso lo sai benissimo che pure gli amici underground di deejay Bontempo se ne sono andati, e Monti o lo smilzo Marcellus, di pochi che siete rimasti, devono aver preso possesso della console.

«Fra poco sarà tutto finito.» Riesci a dirti questo.

Sentite attraverso la protezione dei calzoni corti, la panca è gelida, e le piastrelle, dietro le spalle, se pure non ne percepisci il diaccio, vedrai che sono un ben sciagurato schienale.

Ti resta la quintultima sigaretta, prima della fine. Perché resistere.

La musica di Three Imaginary Boys impazza dagli enormi woofer del Montarbo, e la costruzioncina dello spogliatoio ne vibra quasi fosse, anche lei, come le decorazioni ultrafantasiose dei carri là fuori, di cartapesta.

Se vai a casa, ci hai da scrivere.

Se vai a casa, ti telefonano da Milano ché devi finire il romanzo.

Se vai a casa, ci hai ottocento pagine nella memoria del Macintosh, ma il problema sarebbe mettere un po' d'ordine, tenere indietro le molte cose che hai sbagliato e avventurarti oltre la linea dei ventiquattro. Anni, intendo, che alla fine di novembre si festeggia il compleanno e quelli dell'old school, ti auguri, ci saranno tutti. Così ci si sente un pochino meno soli.

Se vai a casa, puoi metterti al lavoro intorno a un progettino.

Se vai a casa, puoi telefonare al vecchio Marza e sentire cosa si dice in giro a livello di storie antiche e nuove, le solite bellissime, abitate dall'onesto rock 'n' roll.

Ma prima di telefonare al vecchio Marza o rientrare in casa tutto stordito e metterti a fare il cafone davanti al Mac, un attimino, resta qui a rifiatare, ché ti senti stanchissimo e non dormi da mille anni, e chi non dorme da mille anni, dopo, ci ha pure le visioni.

Voi ce le avete mai, le visioni?

Alle volte, non è tanto bello.

Ché se poi torni indietro a guardare, e soprattutto se vai avanti, a guardare, il presente, chiudiamo gli occhi un minuto, risuona in testa come un tamburo, e il riquadro azzurrino del Mac lo sa quanto te…

Ars Aruspicina

XIII

Un giorno ti svegli e ti dicono Enrico, ha chiamato un piccolo editore, ha letto il manoscritto, sembra interessato e t'aspetta davanti al negozio di giocattoli di latta in via del Pratello. Mi raccomando. Alle cinque in punto.

Un giorno ti svegli e ti dicono lo riconoscerai perché ha l'impermeabile e un completo scuro, il portamento inconsapevole di chi può rendere memorabile una domenica.

Un giorno ti svegli e ti dicono bada che non è uno scherzo.

Un giorno ti svegli e ti dicono sta' tranquillo, ragazzo, c'è stoffa quanto basta per fare una cravatta, e prima dell'estate la tua storia diventerà un libro da leggere.

Un giorno ti svegli e ti dicono schizza all'uscita della stamperìa in Ancona, e ci sono le prime venti copie che t'aspettano stipate in una scatola di Philip Morris, odorose d'incredibile.

Torni a casa col treno, quella stessa sera, e nella quiete familiare di via Roncati avvisti nientemeno che un'automobile in fiamme. *Avvolta* dalle fiamme. Fiamme alte che lambiscono i tigli, fiamme abbastanza voraci da inghiottire lo spruzzo bianco che l'omino con l'estintore dirige contro il cofano. Se solo aveste una televisione, si capirebbe di cosa parlo. A poca distanza dal pompiere improvvisato c'è anche una donna forse abbronzata – trentacinque anni, più o meno – resa sensuale dagli ideogrammi isterici che traccia in aria con la mano libera dal cellulare.

Ti fermi raso al muro e fissi l'affaccendarsi dei due. «Poveretti» pensi. E anche: «Però è bello il fuoco, in mezzo all'asfalto e il cemento di questa via pigra.»

Poi, il tuo sguardo cade di nuovo sulla scatola di Philip Morris che pesa sotto il braccio. Quale presagio mai sarà, domandi con sguardo aruspice, appena rallentato dall'hashìsh fumato in treno. Cosa significherà questo fiammeggiare inestinguibile? Appena senti le sirene e le sgommate, trotti verso casa col ventuplice trofeo, la pavida introversione tardoadolescenziale nell'epoca della sua riproducibilità tipografica.

XIV

Non fai in tempo a finire il caffè, che tuo fratello urla da sotto la finestra «Enri!, ti vogliono come ospite al Costanzo Sciò!»

Non fai in tempo a finire il caffè, che tuo fratello urla da sotto la finestra So come la pensi, ma forse è un'occasione unica per promuovere il libro.

Non fai in tempo a finire il caffè, che tuo fratello urla da sotto la finestra Bada che non è uno scherzo.

Non fai in tempo a finire il caffè, che tuo fratello urla da sotto la finestra Enri!, se nella stessa puntata c'è la Passera dei Sette Mari o Michele Alboreto, non dimenticare di chiedere l'autografo!

Non fai in tempo a finire il caffè, che tuo fratello urla da sotto la finestra Vado a comprare una videocassetta affinché il ricordo della tua gita al Parioli non si spenga mai.

Nel sogno cammini impacciato lungo via Zamboni, muovi a stento come in catene.

All'inizio, nessuno s'accorge del tuo disagio, ma appena scendi a lentezza innaturale la rampa di piazza Verdi, il pueblo universitario s'apre al tuo passaggio e l'amico Nelson Centocapelli, la solita baldanza pistolera, esce dal Piccolo Bar, ti indica, e invece di soccorrerti scoppia a ridere.

Balbetti scuse per una colpa che non sai, e intanto le ragazze carine dell'ultimissima leva technopunk cominciano a squittirti insulti da molto vicino.

Un'ansia sconosciuta monta dentro, adesso che fuggi decelerato su per via Giuseppe Petroni: certi freak bavosi ti circondano, e subito non c'è più nessuna direzione in cui scappare: ghignano, e prendono a stringerti intorno senza toccarti. Come aborigeni superstiziosi.

Cerchi di attirare l'attenzione del vecchio Nelson, ché s'imponga al branco e lo disperda, ma il tuo buon amico sta giusto parlando con una principessa di fuori che calza la Fornarina e non ha tempo per te.

«Cosa ho fatto?» domandi a quelli in prima fila che ridono più cattivi e fuggono il tuo sguardo. Poi l'amica di Nelson si fa avanti, gli zigomi alti da Veruschka resi ancora più struggenti dal make-up alla Siouxsie Sioux. Quando tira fuori lo specchio dal tabarro afghano te lo spiana sotto gli occhi come un'arma, e finalmente puoi vedere l'horrendo segno d'infamia che porti tatuato in fronte, il segno della colpa che ti ha aizzato contro la plebe di questi punkabbestia figli d'ingegneri.

«Non sapevo» dici vergognoso. «Scusate.»

«È chiaro che non sapevi» dice la principessa Fornarina mentre ripone lo specchietto in tasca: «L'infamia è da tutti meglio veduta, che da coloro che la portano addosso.»

L'indomani racconti la tua visione al vecchio Nelson, e pochi giorni più tardi, dopo una scoreggiante serata al Parioli ove Luca Barbareschi ha invece trionfato da par suo, in solitaria promenade sui luoghi del tuo sogno scopri che il quinto potere delle bombolette spray ti ha condannato come controrivoluzionario, servo del businness e amico personale del dottor Costanzo Sciò.

XV

Sotto la scorza cattolica, anche tua madre è pagana: pratica una variante personale della brujeria bianca emiliana, basata sulla fusione di elementi cristiani, animismo di ritorno e antiche credenze etrusche sopravvissute all'influenza celtica.

Tua madre adora Padèrnus, il dio dei prati in fiore, prega il lare della vostra famiglia affinché vi guardi a tutti le spalle, ringrazia il sole che indora i colli e i milioni di stelle che punteggiano il cielo notturno come mobili fori brillanti.

Per tua madre gli oggetti hanno un'anima: se la televisione o il computer non ubbidiscono ai comandi, è perché sono in collera con lei.

Gli elettrodomestici sono come animali, da sgridare o blandire a seconda dei casi.

Il computer ha la forza quieta e la memoria prodigiosa dell'elefante, la televisione l'indole schizzata del camaleonte, l'aspirapolvere è un formichiere lento ma efficace, il tostapane è dispettoso e vendicativo almeno quanto la bertuccia.

Come vuole la tradizione, una notte al mese tua madre depone sul praticello di monte Donato un piccolo cesto di frittelle di riso e frutta fresca, ché le ninfe o i passeri si godano la colazione.

XVI

Ti dicono: Bravo Brizi, un altro studente del nostro liceo che si fa onore nel sottobosco delle lettere!

Ti dicono che il secondo libro è la vera prova del fuoco, dicono che emergere è difficile, ma confermarsi è difficiliore.

Ti dicono: Va' pure a divertirti, ché sei solo un ragazzo, ma bada che non è uno scherzo.

Ti dicono: Vivere non necesse est. Simulare vitam, necesse. Dicono che arrivare al Costanzo Sciò è difficile, ma restare nella top ten di Tuttolibri è difficillimo.

Ti dicono che devi tenerti stretto lo zoccolo duro di lettori che ti sei conquistato. Ti dicono proprio così, e non si vergognano. Parlano di zoccoli duri, astraggono masse da affezionare e fidelizzare neanche avessero mangiato nell'infame scodella del triste Goebbels.

È da una settimana intera che la nebbia avvolge l'altopiano: niente passeggiate per i campi, niente pomeriggi da lucertola a leggere Paul Auster in giardino, niente scrutare col binocolo le ripide pendici dello Sciliar e la cresta inconfondibile da cui un tempo scendevano, urlando a cavallo d'una scopa, le streghe.

Ogni volta che torni sull'altopiano, questa casa d'amici è per te il più caro dei rifugi. Impari a respirare di nuovo, in questo tempio in cui non hai mai portato nessuno dei ragazzi, né fatto l'amore; ci vieni tutte le volte che la città ti fa incazzare, e ogni volta, nel silenzio antico dell'altopiano trovi facilmente il bandolo della matassa che s'era ingarbugliata giù a valle.

È per questo che la nebbia non ti pesa e accogli volentieri anche la neve che ieri è caduta per tutto il pomeriggio senza occuparsi del calendario che dice fine aprile.

Quando arriva la fame ti sposti in veranda per mangiare lo strudel alla ricotta. Rincalzi bene la maglietta dentro i pantaloni da allenamento marchiati Manchester United, ché uno spiffero ghiaccio non ti entri sotto i vestiti; trascini all'aperto anche una scranna tirolese, un prodigio d'intagli col cuore cavo a metà schienale, e il giornale che hai comprato giù a Castelrotto.

Tenti di darti un contegno da giovane lettore mattiniero, speri che dalla finestra di Villa Monika s'affacci la figlia della padrona, o per lo meno la veronese che ha affittato col fidanzato la stanza del secondo piano.

Niente.

Solo il pigolare d'una squadra di passerotti che saltellano sul prato evitando le pozze di neve semi sciolta: s'inseguono incuranti di staccionate e Eintritt verboten, e infine decidono d'andare a cinguettare tra i rami della betulla che sorge a mo' di totem in mezzo al giardino.

«Chissà se è la stessa banda cui ho dato il pane ieri» ti chiedi. «Chissà se sono animali territoriali come noi, o invece si spostano indifferenti ai luoghi purché si trovi qualcosa da mangiare.»

Abbassi gli occhi a un articolo che dice Rissa in parlamento per il rigore negato, e ci sono anche le foto di un ex calciatore e un ex fascista, ora deputati, che cercano di picchiarsi come non lasciano fare sugli spalti.

Un funereo gracchiare ti riporta all'*hic et nunc*: adesso,

sulla cima della betulla c'è appollaiato un corvo che a vuoto batte le ali come per cercare l'equilibrio perfetto sul ramo.

Fai appena in tempo a stupire delle dimensioni, che dai meli di Villa Monika arriva un "gra-gra" in risposta: puoi vederlo di profilo, il secondo corvaccio, appostato su un ramo orizzontale che incombe sul parcheggio della pensione. È immobile, e solo rimanda, cupo, il richiamo suo al socio.

«Chissà cosa si dicono» pensi. Riprendi la lettura, ma d'improvviso ti sale il panico irrazionale che i due corvi stiano complottando ai danni dei passeri.

Lanci qualche sguardo esplorativo tra le foglie ancora tenere della betulla, e anche dove il fogliame dei meli in fiore è più fitto, ma tutto è tranquillo: gli amici passeri cinguettano ancora, per niente spaventati, e giocano come al solito.

«Bene» dici fra te. «Se ne fregano, di quegli uccellacci.»

Quando squilla il telefono, hai un soprassalto. Solo i familiari e quelli che sbagliano numero chiamano lassù.

È tuo padre.

«Ho una notizia non tanto bella da darti» dice.

La litote ti mette in guardia.

«Non c'entra la vespa, vero?» chiedi per esorcizzare l'eventualità.

«No, no. C'era il tuo nome sul giornale nella lista dei partenti. Ti hanno chiamato militare. Devi presentarti ad Albenga il ventisette di maggio.»

«Ecco cosa dicevano i corvi!» pensi, franando a sedere. «Messaggeri fottuti di sventura!»

«Ad Albenga non ci vado» dici, lamierato di fermezza, e già tuo padre tuona che questa non è una reazione da persona matura, e piuttosto vale la pena di domandarsi perché hanno rifiutato la richiesta di rinvio, e praticamente la colpa è tua, e in ogni caso occorre rivolgersi a un avvocato che reclami al Tar. E intanto, giù d'ossidrica contro la lamiera del primogenito!

«Fanculo» pensi. «Non ci voglio partire soldato.»

E poi, invece, un senso di tranquillità benefica ti invade, ché avanti agli occhi t'è tornata l'immagine rassicurante dei passeri, gli avvitamenti, le cabrate e i canti lieti cui s'abbandonano, belli come la più tenera foglia, nonostante i corvi.

«I corvi propongono, e i passeri dispongono» dici a tuo padre. Quello, all'altro capo del filo, spegne tutte le bombole e il fuoco fatuo dell'ossidrica gli smuore in mano. E tu sei certo di interpretare bene l'auspicio, quando dici: «Fidati di me che non son corvo. In caserma, non mi vedranno mai.»

XVII

Apri la busta con l'opinel, e sul foglio color menta una ragazza ha incollato brillantini. C'è scritto caro Brizi, perché mandarti questa lettera? Forse per materializzare l'idea che ho di te, per rapirla dallo stato idilliaco in cui s'è formata.

Apri la busta con l'opinel, e sul foglio color menta una ragazza ha incollato brillantini, e ha scritto vorrei conoscere l'Enrico che si lava i denti e fa la schiuma col dentifricio. Enrico e il suo disordine. Quel ragazzo che immagino chiuso in camera sua a sognare con le liriche di Ligabue e una simpaticissima coppia di criceti in gabbietta.

Apri la busta con l'opinel, e sul foglio color menta una ragazza ha graffettato una foto: davanti c'è lei in bikini inginocchiata su qualche spiaggia sassosa, dietro c'è scritto Bada che non è uno scherzo.

Apri la busta, e il foglio color menta ti taglia il polpastrello in modo semiprofondo. Su quella carta che taglia come un rasoio una ragazza ha incollato brillantini e ha scritto farei di tutto per conoscere un ragazzo normale ma straordinario perché «vive», farei di tutto per chi ha scritto il libro che ha cambiato il mio modo di pensare.

Apri la busta con l'opinel, e sul foglio color menta una ragazza ha scritto a pennarello questo è il mio numero di cellulare, chiamami quando vuoi che arrivo a Bologna.

Prima di schizzare alla stazione, mostri la lettera agli

amici F. Monti e Nelson Centocapelli. Ti senti leggero e vanitoso, mentre loro scorrono lo sguardo sul foglio verdolino, e già pregusti gli sviluppi dell'incontro no future al binario tredici. Poi, Nelson Centocapelli s'interessa alla foto della ragazza in bikini inginocchiata sulla spiaggia, la scruta da angolazioni diverse come si fa con certe cartoline tipo ologramma. «Ah però!» dice. E anche: «Sai cosa faccio? Quasi quasi lo scrivo anch'io, un cavolo di libro *sentimentale*.»

Traboccante di buoni propositi, salti in sella alla tua cavalcatura da settantacinque cc e dopo un breve affondo di tallone spingardi via dal quartiere. Ti tuffi sui viali in picchiata, sfiori l'asfalto col bordo della pedana, eviti una vecchia enorme, colma d'indecisioni, all'ultimo secondo.

«Il punto di forza della vespa, lo sanno anche i bambini, è la precarietà.» Questo ti sorprendi a pensare, mentre incunei la fila indiana degli automobilisti.

Arrivi a pensare cose che sarebbe meglio non.

Tipo che in vespa non hai paura della velocità perché tanto sai già com'è cadere, e sai anche com'è tamponare. «L'importante è non sbattere a piena velocità. L'importante, nel cadere, è proteggere la cabeza» canta una vocina che non se ne vuole andare dalla tua testa.

Mentre doppi una squadriglia di utilitarie che scendono raminghe verso porta San Felice, la vocina commenta gli otto millimetri dei rari ma struggenti capitomboli del passato: assolutamente da segnalare agli amici cinefili, «Il vespista mascherato contro il gatto», «Il vespista mascherato cappotta alla fermata dell'autobus» e l'antologia di gag «Le lunghe notti a fari spenti del vespista mascherato».

Poi, d'istinto, allunghi la mano sotto il cavallo dei jeans, come a contrastare l'aderenza tra stoffa e sella.

Le nubi del malaugurio sembrano disperse, quando entri

in viale Silvani disegnando una traiettoria talmente garbata e vicina al marciapiede da sollevare – giureresti d'averli visti con la coda dell'occhio – gli applausi degli intenditori appostati alle estremità delle zebre pedonali.

Ti riempi gli occhi della nuova prospettiva: il viale libero come un tavolo da biliardo, la commovente infilata di semafori verdi; apri il gas al massimo e già assapori l'incontro con la ragazza in bikini, e proprio stai selezionando i modi e le parole da lasciar venire in superficie, quando un colpo secco dalle parti del motore ti fa ammattire la brava cavalcatura. Il culo della vespa si solleva da terra, così ti tocca mostrare ai fortunati passanti la vera essenza del rodeo. Trasformato dall'adrenalina, riesci a domare l'ammutinamento, così che la ruota posteriore atterra con violenza e il pedale dell'accensione solleva scintille sull'asfalto. Oramai la vespa ha perso assetto e potenza: un'ultima scodata della madonna e tu scivoli mestamente sulla destra, a baciare il bitume.

«Fanculo» pensi, mentre trascini la cavalcatura ai box. «Mi sono anche strappato i pantaloni...» «...E, Signore onnipotente, pure le mutande nuovissime di Sergio Armani?...» «Cos'è che avete da guardare, voialtri!» strilli agli ammiratori attoniti che corrono verso di te. «Non avete mai visto un uomo che cade?» E anche, tutto proteso e storto: «Ho soltanto schiavettato un po'. Non c'è bisogno che nessuno chiami nessuno!»

Alla fine, in qualche modo lo riaccendi, il tuo povero special, e quello manda fuori i rumori tutti sbagliati, e te ti pieghi un attimo ad auscultare il pistonaggio, e poi, d'istinto, ti rimetti in sella e giri il muso verso casa, ché hai deciso un momentino di non incontrarla, la portatrice di malevìbre che t'attende al binario.

XVIII

Il tuo vecchio è uno stoico della scuola di via Guerrazzi, nel centro della città. È cresciuto così, camminando torno torno nei cortili dai muri rossi coperti d'edera: ancora fanciullo, ingrossava coi fratelli maggiori le lezioni di Posidonio Strozzi che discuteva coi seguaci percorrendo segreti itinerari curvilinei sul prato spelacchiato del Leone Decimoterzo.

Tecnicamente, il tuo vecchio è un seguace del mediostoicismo continentale, l'aspra lezione della prima Stoà mitigata dagli influssi brandeburghesi, dagli ultimi dettami di Petar Klovskij in Stoah Revisited.

Il tuo vecchio smette i modi urbani cui vi ha abituati solo quando il giornale parla di Fedoro Precchia, un politico arraffone cresciuto a pochi isolati di distanza dalla sua casa natìa. «Non era amico tuo, quello?» chiedi per aizzarlo. E prima ancora che lui risponda, sai già che sta per squadrarti da sopra gli occhiali, sibilando «Ma che amico d'Egitto! Quello ciondolava tutto il giorno al circolo epicureo di via Fondazza senza mai combinare una fava!»

Dice proprio "fava".

Posidonio Strozzi, in qualità di brillante discepolo di Klovskij e primo maestro del tuo vecchio, in casa vostra gode di enorme considerazione. Il suo nome ricorre nei rimproveri e negli elogi, nelle telefonate sempre più difficoltose e nostalgiche tra tuo padre e il nonno.

«Le manchevolezze si somigliano tutte» ama ripetere il pater. «In quanto offese alla propria intelligenza, non ve ne sono di più gravi o più lievi, e infatti vanno punite tutte allo stesso modo.»

Ricordi che un pomeriggio d'autunno, parecchi anni fa, i *parens* vi condussero, te e tuo fratello, ai piedi del muro della Certosa, giusto fuori dalla terra consacrata: portavi i pantaloni corti, e forse tuo fratello andava ancora all'asilo. Mamma aveva raccomandato il silenzio, mentre il pater si raccoglieva a capo chino davanti al sobrio sepolcro da suicida di Posidonio Strozzi.

Esaurite le sue cogitazioni, vi prese per mano entrambi, voialtri figli, e poi, camminando in mezzo, vi raccontò una storia che tu non capisti e tuo fratello ignorò, intento com'era a saltare le linee sottili di terra fra le pietre scure che lastricavano la via.

Quando, oramai liceale, prendesti in mano le Conte Morali, il libello che Klovskij pubblicò a Magonza nel 1899, trovasti scritte per filo e per segno le stesse parole non tanto conoscibili che tuo padre vi aveva recitato in quel lontano pomeriggio d'autunno.

C'erano quattro compari che vivevano a fine secolo. Il primo si spaventa e torna all'ombra del campanile, dai preti che l'avevan cresciuto. «Dunque, sei anche tu fra quei papìmani che attendono il giubileo!» gli dice il secondo: «ma non ti basta ricordare le sembianze dei catechisti per fuggire dai sagrati? Mostri di normalità, aguzzini di se stessi, pettegoli frustrati, individui imbarazzanti che dimostrano quindici anni più del dovuto!... Non sapevano cosa rispondere quando chiedevi perché si mercanteggiava e uccideva in nome dell'agnello, ma almeno le guance esangui prendevano un qualche colore: son cresciuto in parrocchia anch'io, compare, so di cosa parlo. Fa' come me, piuttosto. Prepara questa data epocale ripensando il tuo rapporto con l'universo, cerca l'empatia con gli altri esseri, scopri come indirizzare le energie che stanno sepolte dentro il tuo corpo.»

«Pazzo!» gli dice il terzo compare. «Cosa ti gioverà abbandonare la chiesa per rifugiarti presso qualche santone? Meglio un colpo in testa, che dare le tue cose in mano a un ciarlatano esperto di zodiaco e superstizioni orientali!... Riprenditi, fratello, torna in te! Non cadere nelle illusioni dei persiani e dei cinesi, nella truffa dell'acquario! Fa' come me, pensa al nuovo anno in tutta tranquillità, senza metterci di mezzo la mistica. Intanto lavora, guadagna e metti da parte: quella notte ci saranno festeggiamenti ovunque, danzeremo fino all'alba del nuovo secolo. Sarà bello arrivare al ricevimento preceduti dalla fama, riveriti come conviene da tutti gli invitati.»

«Chi c'è di maggiormente misero di me?» gridò dunque il compare più giovane quand'ebbe sentito queste parole. «Dei miei tre amici uno si crede paralitico, l'altro è pazzo e il terzo cieco!» lamentava ad alta voce. «Il primo non crede nelle proprie forze, e la sua mente confusa lo fa sentire simile a un cucciolo senza scampo, bisognoso d'un padrone che lo indirizzi e gli dòsi la libertà; il secondo, si affida a chi un giorno è salito in piedi su una sedia e ha proclamato che dio esiste solo negli alberi e nelle cose, mentre il terzo non vede al di là del suo nome rispettabile e del portafogli!»

«Chi credi di essere» gli chiesero i tre compari, «tu che sei così bravo a prenderci in giro?»

«Io sono colui che spia le genti nascosto nel canneto» rispose, aprendosi in un remoto sorriso, il più giovane. «Io sono l'uomo che non si aspetta niente, né vita eterna né nuove scoreggianti profezie né riverenze. Sono quello che annota le opere e i percorsi, le coincidenze e i progressi, ma ancora non sa cosa fare dei suoi fogli fitti di lettere. Li brucerò, forse, oppure li affiderò al vento. L'unica cosa che so, è che devo continuare a prendere nota, affinché nulla si perda. Sono colui che vive nel dubbio, colui che gode del sole e trema sotto la pioggia senza mai abbandonare la postazione.»

«Ma allora» domandarono i compari, «chi o che cosa ci salverà?»

«Non venite a chiedermi della salvezza» rispose il compagno più giovane, «poiché è del coraggio che vi parlo. Trovate quello, chiedete a quello» concluse, «e il coraggio vi risponderà.»

XIX

Il commercialista di famiglia ti guarda da sopra gli occhiali e dice: Complimenti Brizi, lei ha messo in piedi un emerito gruzzoletto, per essere un giovanotto della sua età.

Il commercialista di famiglia continua a guardarti, poggia la mano umida sopra la tua spalla e dice: Si chiamano royalties, o diritti d'autore, ma in realtà sono soldi come gli altri, buoni da spendere nei negozi.

Il commercialista di famiglia torna serio, fruga fra le sue carte, controlla i modelli 740 e all'improvviso dice: Badi, Brizi, che non è uno scherzo.

Il commercialista di famiglia pulisce gli occhiali con un angolo del fazzoletto e alla fine ti dice: Per adesso li investirei metà in buoni postali a termine e metà in fondi bilanciati.

Il commercialista di famiglia sorride come fosse tuo zio, si sporge dalla scrivania e con atteggiamento propositivo ti dice: Allora cosa ci facciamo, dottore, coi presenti soldini?

Lei non so, dici tu. Ma io, dottore, ci vado a Rotterdam con l'amico Centocapelli Nelson.

E prima che quello avverta i genitori, sei già fra i canali e le facciate a collo di bottiglia, fra gli zoccoletti e i tulipani dell'agognata Nederland.

Per dirla tutta, in determinati paraggi c'eri già passato tre estati prima, nel corso d'un grand tour teenageriale con biglietto Transalpino, ma i compagni di viaggio Rinaldi e

Hoge t'avevano impedito, fra sciocche scuse e timori tutti inventati, di superare la linea immaginaria rappresentata da Piazza Dam, ché a loro non gli piaceva mica, la movida batava: «Guarda che facce!» sussurravano circospetti. «Se di giorno c'è in giro 'sta maraglia, figuriamoci al calar delle tenebre!» Occhieggiavano i tossici di via Rokin, le curve pattuglie di junkies elemosinieri uguali identici ai loro colleghi di tutto il mondo.

Così, eravate sferragliati fino a Ostenda, e poi, col ferryboat, fino a Londra, dove invece vedrai che di notte le strade si popolavano di angeli e fatine: certi mostri!, certi armadi enormi!, con dei cappelli pericolosi e le mani grandi quanto un tascapane! E il biglietto del ferry costava più o meno come quattro notti al Flying Pig, l'ostello olandese più in del momento!, e fu straordinario, catapultati in quel set di Romero, rendersi conto d'aver barattato quattro comodissime notti di letto a castello con altrettante veglie attonite sul duro e ostile pavimento di King's Cross Station, solo occasionalmente intervallate da un sonnellino sul notturno per Newcastle – ché almeno in treno la polfer inglese poteva dare una mano, se ti piantavano una coltellata da qualche parte, e al ritorno, se pure salivano degli skin, andavano a rompere i coglioni ai pendolari in cravatta, e noi diciassettenni la si scampava abbastanza.

Stavolta, invece, a vent'anni ormai suonati, in giro con Nelson Centocapelli i divieti non esistevano, ché lui era un animale molto affidabile e la vacanza procedeva fluida e vegetale come nei vostri migliori auspici.

La vecchia Giulietta di Nelson, poi, era un conforto incommensurabile in un paese poco più grande d'un giardino e però fitto di città dai nomi mitologici quanto quelli delle squadre di calcio che le rappresentavano. Volete mettere svegliarsi a Bologna? Uno beve il caffè e dice «Vado a Forlì», oppure, se è proprio in gomma, «Vado a Pistoia». Svegliandosi a Rotterdam, invece, era facile far colazione al bar surinamese sotto l'albergo e per pranzo mangiare pankoeken a Nimega, Arnhem o Alkmaar... E intanto che addentavi un frittellone potevi gareggiare con Nelson a evocare fasti e colori dei team cittadini Nec, Vitesse, Az 67...

«Cosa dite di confezionare un altro spino, caro duca, mentre io cerco il parcheggio?»

«Come desiderate, signor ministro. Sarebbe un peccato girare su e giù per questo borgo marittimo senza un petardo fra le labbra.»

Appena aprivi la busta di plastica, l'odore della Durban Poison invadeva l'abitacolo, e tu diventavi quasi commosso, sfrollando quell'erba sudafricana dispensatrice di sogni e morbidissima al tatto.

Poi, Nelson ti passava una punta di sigaretta e gli altri articoli da fumatore.

Erano i patti: lui guidava, e tu facevi il navigatore, il deejay, e ti occupavi delle spezie.

Come deejay, dovevi dare retta alle richieste dell'ascoltatore, che richiedeva praticamente solo Street Fighting Man, Beast of Burden e Paint It Black, e in ogni caso, sempre ed esclusivamente, i Ragazzi: «Metti un po' su i Ragazzi, ascoltiamo i Ragazzi, ancora un pezzo dei Ragazzi...»

Sempre così. Coi Ragazzi che ormai avevano l'età di tuo padre e Nelson Centocapelli tutto gobbo sul volante della Giulietta, che ostinandosi a battere il tempo col palmo sulle razze, ogni tanto non volendo suonava il clacson e metteva paura alle biondine in bicicletta.

«Et voilà, signor ministro! Un cilindro perfetto! Profitti di questo ennesimo rettilineo e lo guardi bene. Non le sembra esprimere ansie e aspettative proprio come un essere umano?»

«La batta, duca. La *batta*. Picchietti col filtro sul cruscotto. Odio quando la stramaledetta porra non è ben pressata…»

«Ecco fatto, signor ministro! Su, accenda pure!»

«Ma le pare? Sarebbe contro la tradizione, poiché, come direbbero i Ragazzi: Chi l'arriccia l'appiccia!»

Quando scorgevi capannelli di giovani intenti in loschezze, era tanta l'empatia che dovevi abbassare il finestrino e subito gridare «Feyenoord!» con gran gesti d'amicizia e gemellaggio. Nelson non rallentava, e anzi ti guardava storto, temendo che qualcuno potesse fraintenderlo, il tuo sincero trasporto per lo squadrone biancorosso e i gruppi di giovani tifosi rotterdamesi e le variopinte genti d'Olanda in generale.

Di solito non v'inseguivano. Comunque, non rispondevano nemmeno, e solo, magari alzando un sopracciglio, continuavano a ondeggiare avanti e indietro, in apparenza perduti al mondo.

«Non vedi che sono sderenàti dal crack?» ti rimproverava Nelson. «Lasciali in pace, avanti.»

«Scusi duca, non lo farò più. Ma è l'entusiasmo, sapete, o forse questa frizzantissima Durban Poison…»

«Piuttosto, stavo pensando… Già che ci siamo, non potremmo parcheggiare nel cortile dell'albergo e raggiungere qualche buon posto a piedi?»

«Ok, ché così evitiamo pure di lasciare la Giulietta in balìa dei tribuni sderenàti dal crack.»

«Esattamente» annuiva il vecchio Nelson, lasciandosi trasportare da un suo ottimismo. Poi, allungando la schiena contro il sedile: «E a livello di scorte, come siam messi?»

«Ci abbiamo due grammi di annapurna del Lachende

Paus e il màrok avanzato dall'Omigo di Arnhem... Briciole, praticamente.»

«E a livello di erba, invece?»

«Due cannette delle mie, una scarsa delle tue.»

«Non possiamo cadere in balìa del grave hashish! Non a queste latitudini, almeno!» diceva lui, guardandoti con degli occhi rossi da far spavento: «Per cui, ci ho proprio ragione io: molliamo il gioiello ai box e torniamo al Green House a procurarci un paio di buste d'erba per la serata, ché due looza all'arancio e due caffè ci rimetteranno di nuovo in pista e io ardo dal desiderio di battere il computer a Kick Off.»

«Sì, eh? Guarda che ci stai lasciando il cervello, dentro quel cavolo di computer del Green House...»

«Senti la voce della freschezza!» ti rispondeva Nelson, prendendo bene le misure al cancello dell'albergo: «Sei così stonato che a momenti mi voli via dal finestrino!...»

Tu ti frugavi le tasche a caccia di banconote, e però nelle tasche ci avevi solo le monete coi profili dei re e delle regine: «Ma Gesù santo, Nelson, ero uscito con duecento gulden e mi sono rimasti sei nichelini!... Come cavolo ho fatto, mi chiedo, a spender via tutto?»

«Fai uno sforzo» diceva lui. «Magari, ti dò un indizio...» E guardandoti con gli occhi lucidi da smoker, ghignando senza fretta, nel lampo bianco del cortile che v'accoglieva mostrava i denti.

XX

Sollevi incauto la cornetta, e una voce di femmina miagola: Caro Stefano Brizi, sono Veronica Savonarola di Global Magazine, forse avrai visto in edicola la nostra audace copertina sui giovani schiavi del Campari.

(Brizi? *Stefano?*)

Sollevi incauto la cornetta, e una voce di femmina miagola: Sto mettendo insieme un'inchiesta sulle verdi capocce d'Italia che scrivono i libri di successo. La voce gnaula sui toni caldi della lascivia a buon mercato, e proprio ti dice: Ho già sentito il giovane scrittore Pasquino Principi, il figlio del brahmino, e Cinzia Tavor, che come sai sta spopolando in giro col libro scandalo-verità sugli amori in classe fra le bambine, le maestre, i bidelli e i pony. Se anche tu vuoi esternare, bene, altrimenti ritaglio un paio di dichiarazioni tue avventate dal sito non ufficiale su internet.

Sollevi incauto la cornetta, e una voce di femmina miagola: Brizi? Sono di nuovo Veronica Savonarola. Bada che non è uno scherzo.

Sollevi incauto la cornetta, e una voce di femmina miagola Domani sono a Bologna per l'inaugurazione di una mostra di cravatte, magari verso le otto possiamo incontrarci e bere una cosa insieme. A proposito, voi giovani scrittori un po' famosi, la usate, la cravatta? E il Campari? Avanti, Stefano, cosa mi dici del Campari? E a proposito, mi permetti una domanda personale?

(Ah, fa' tè.)

Cos'è che fate di molto stilizzato e divertente, il sabato sera?

Sollevi incauto la cornetta, e una voce di femmina miagola Scusa scusa scusa!, puoi ripetere che prendo appunti?

Sotto il portico, il vento filtra a tratti come la fresca promessa d'una vita nuova che ogni anno, in primavera, torni a scuotere la necropoli.

La stanza dello smilzo Marcellus non è né vicina né lontana, e voialtri andate avanti spalla a spalla lungo la avenue deserta della domenica mattina. Vi passate lo spino senza parlare.

Forse in un'alba antica sono stati altrettanto esausti anche Achille e il Telamonio, in marcia verso le tende dopo una battaglia notturna sotto le inviolate mura di Ilio. Tu e Marcellus, però, non portate al fianco la spada dall'elsa argentea che fu di Ettore troiano, e non vestite né elmo né schinieri. Ma quando arrivate in vista della casa popolare in cui il tuo amico vive da solo, l'avete ancora nelle orecchie, il clangore del bronzo che batte contro il bronzo, il riverbero incessante dei colpi techno.

Montate le scale, il fiato spezzato, crollate sul divano a bere acqua fresca. «Non mi va di accendere la tivù» dice il tuo amico. «Magari metto su un po' di musica tranquilla, eh?»

Invece mette sul piatto Da Funk parigino e vi risale su tutto quanto.

Più tardi, lo sorprendi a fissare il muro a bocca aperta, e già lo sai cos'è che lo turba: il persistere, nell'occhio, delle brusche apparizioni notturne sotto le iliache mura del rave sull'Appennino, l'identico sbucare, dal buio, di amici e nemici.

Appena la porta cigola, schizzi in avanti, come per allungare una mano alla spada, ma lo smilzo Marcellus ti poggia una braccio sulla spalla e dice: «Rilàssati, amigo. È solo Luvanor.» «Vieni qui, Luvanor» dice infatti.

Il gatto che ti ha spaventato balza sulle gambe sottili di Marcellus, e ispido e magro e pezzato com'è, sfrega la testa docile sul petto del padrone.

«C'ha dodici anni, questo signore» dice Marcellus che improvvisamente pare il più affettuoso dei mirmidoni, «e io lo devo salvare tutti i giorni dalla Gattara. Sono dodici anni che cerca di rapirmelo, povero Luvanor. Hai presente la Gattara, quella vecchina mezza matta che abita qui sotto?»

«Ho presente, amico» dici tu. «Quando ancora ero piccolo, i miei l'assunsero per far da balia a mio fratello.»

Poi, il dio del sonno t'inchioda sul divano telato di Marcellus, e quando ti risvegli è già domenica pomeriggio e del tuo trip acheo non resta più nulla, e tu pensi che forse erano solo un sogno, gli elmi e le corazze e le selve di frecce acuminate, i fuochi intorno a cui ti sei battuto, eroe fra gli eroi.

Ti guardi allo specchio, mentre il gatto Luvanor ancheggia per il corridoio e annusa basso lungo il battiscopa.

E tu, dopo esserti lavato la faccia, sei di nuovo tu.

Anche ora che è martedì pomeriggio, sei tu, mentre cavalchi lo special diretto al Dams di via Galliera, ché t'interessa la bibliografia per l'esame di Storia del cinema western e poliziesco II.

Pistoni a tutta manetta lungo via san Giorgio, le dita negre per via dello Sprint Oil – il lubrificante dei bolognesi alla moda – quando un micio pezzato schizza via dalla destra: taglia la strada alla vespa con scatto calcolatissimo e come il fulmine fila a nascondersi sotto la saracinesca mezzo abbassata d'un garage. «Luvanor!» pensi subito. Poi, ghigni della tua stupidità.

Dopo un quarto d'ora sei di nuovo in strada – il pensiero rivolto ai moduli del cinema western alla John Ford – quando riconosci il micio spericolato: cammina asimmetrico sotto il portico altissimo di via Galliera dietro una vecchina curva e intabarrata, e all'improvviso ti prende l'ansia che qualcosa non vada per il verso giusto.

La vecchina intabarrata ha un sacchetto di plastica nella destra, e quando il sosia di Luvanor, scombussolato com'è, accenna una sosta, le basta agitare il sacchetto per farlo ripartire.

Sotto il portico non c'è nessuno, così appena scompaiono dietro l'angolo di via Manzoni, inizi a correre. Pensi che forse il gatto è ferito, o drogato. Pensi che forse è davvero Luvanor e la vecchina è la Gattara che se lo porta via. Prendi a sinistra, e il cuore ti batte a mille.

Poi, è come una specie di colpo in mezzo agli occhi, dover ammettere che la vecchina non c'è più e il micio pezzato non si vede nemmeno in lontananza.

Guardi meglio, ma gli unici esseri viventi sono molto distanti, in un punto dove la vecchia non avrebbe mai fatto in tempo ad arrivare nemmeno se fosse stata in grado di correre: oltre le ombre medioevali di Palazzo Ghisilardi, in un fiumicello remoto di pedoni che scorrono nei due sensi mentre la strada si getta a perpendicolo sul passeggio di via Indipendenza.

Finisce che ci torni la sera dopo, in quei paraggi, e i tuoi passi sono meticolosi e cauti come quelli d'un pazzo, e tu ispezioni palmo a palmo il muro di via Manzoni, caso mai ti fosse sfuggita una porta segreta, una botola, un pertugio attraversando il quale è possibile, anche per un uomo di quasi ventiquattro anni, sparire lontanissimo e cominciare in un diverso posto un'altra partita.

XXI

Tuo fratello è biondo e riservato come il giovane Abele. È lui che si occupa delle greggi, quando sei lontano da casa.

Tuo fratello ha il corpo nervoso e le braccia forti.

Tuo fratello, per quel che ne sai, non si è mai buttato in mezzo alle risse che infiammano la plebe, in special modo nelle serate di venerdì e sabato.

Tuo fratello è un ragazzo pio e ingegnoso, e certe volte ti viene da pensare che lui ha tutto quel che a te è stato negato. Ama ricevere doni, ma non si sente in credito per quelli che ha offerto, né in debito per ciò che ha ricevuto.

Le rare volte che gli capita di mentire, tuo fratello è un essere nitido come pochi: vedi che gli sale il colore alle guance, mentre gli angoli della bocca s'increspano e l'occhio ride e la narice vibra allargata in modo innaturale.

Quando la sua ragazza è a cena a casa vostra, tuo fratello la protegge dalle troppe attenzioni e domande; mostra un piglio da uomo ironico e consapevole; stupisce chi l'ha visto trafficare solo pochi anni fa, giù in cortile, coi tappi e le formine.

Tra te e tuo fratello c'è un sentire strano, la comunicazione senza parole che dicono sia esclusiva dei gemelli. Forse, i tanti pomeriggi d'inverno passati insieme senz'altra compagnia, vi hanno uniti più di quanto potrebbero mai immaginare gli stessi parens. Forse, c'è qualcosa di più profondo e a te inconoscibile, che a lui permette d'indovinare le parole che stai pensando.

Certo, il ricordo delle battaglie schizofreniche combattute giù in cortile quando tu eri il centurione e tuo fratello l'intera coorte, non ti abbandonerà mai, e adesso che sei seduto al buio nello spogliatoio del Rapid e sai che fra meno d'un minuto rientrerai nel recinto, ti fa piacere pensare ai tuoi amici come ai pochi idealisti, nitidi come lui, che stanno ancora ballando.

Quando il cielo acquisterà il colore della caligine, i carri stringeranno il quadrato attorno al vostro terreno senza spalti e suoneranno sincronizzati l'inno dei ragazzi di via Andrea Costa e le altre hit del repertorio di gala.

Coi capi tribù venuti da fuori, scambieremo gli indirizzi; baceremo le femmine sveglie che non abbiamo fatto in tempo a conoscere, intanto che i meno coraggiosi, i prudenti, si spoglieranno dei colori, usciranno dal recinto, fileranno via a rintanarsi.

Balleremo per l'ultima volta, snodati e ironici e territoriali. Salteremo a tempo in attesa di un crescendo che ci faccia urlare tutti insieme, seguiremo lo spettacolo che ci galleggia avanti agli occhi e finalmente sapremo in che senso ne siamo parte, legati per sempre a chi ti balla vicino e un giorno, assordato dalla nostalgia, potrà gridare «Io c'ero!»

Cercheremo di fissare nella memoria ogni quadro e ricordo, e all'improvviso, forse, sarà come pellicola che brucia nel proiettore surriscaldato.

E poi, il sole scivolerà dietro i fianchi biondi dei colli, e la sua luce che dialoga col tramonto farà uguali, per un poco, le cento tonalità di verde.

«Il carnevale è finito!» dirà la voce del borgomastro che gracchia in mezzo ai lampeggianti. «Disperdetevi!»

Noialtri facce note dell'old school faremo la cosa che ci parrà più giusta e combatteremo per difendere il terreno del Rapid, l'ultimo lembo del carnevale che sfugge.

Qualcuno abbatterà le recinzioni, altri spaccheranno i lucchetti del magazzino per procurarsi i manubri, le clavette e gli altri attrezzi buoni come armi.

Ci stringeranno con le manovre d'alleggerimento, ci disperderanno con gli idranti e i lacrimogeni, ma noi riusciremo a compattarci di nuovo, e quando saremo pronti caricheremo in massa, molto oltre la rete e il resto di recinzioni divelte.

Porteremo lo scompiglio tra le file dei pòlici, cercheremo il corpo a corpo, li costringeremo a guardarci negli occhi – costoro che difendono il potere qualunque ne sia il nome – mentre calano il manganello.

E verrà il momento in cui s'apriranno in due ali, provando a chiuderci nella tenaglia: qualcuno resterà prigioniero, ma la maggior parte di noi riuscirà a scappare indietro come l'onda della giovinezza che si ritira.

Poi, arrampicati sui carri, radunati sul limitare del nostro terreno senza spalti, contempleremo quel che resta del nostro essere selvaggi: una camionetta ribaltata sul fianco, l'odore malato dei bidoni in fiamme che a nuvolaglie scure di fumo ci soffia addosso.

E i pòlici marceranno spalla a spalla battendo i manganelli sugli scudi, ma noi non l'abbandoneremo, il terreno del Rapid, e anzi, nessuno di noi arretrerà d'un solo passo, almeno fino a quando vedremo dietro gli elmetti i flash dei paparazzi che si scatenano, arrivati quaggiù per rubare il senso dell'ultimo carnevale.

Sarà allora, che verrà dato il segnale. Lanceremo decine e decine di torce colorate, fra noi e loro, ruberemo le immagini ai fotografi, e i sagaci giornalisti delle gazzette potranno raccontare ai lettori soltanto per sentito dire, poiché noi scapperemo in una nube di sogno arancionata verso la porta degli spogliatoi, e ci accalcheremo tossendo lungo il corridoio delle docce, e rapidi, uno dopo l'altro, spariremo nel buco dell'armadietto che s'affaccia sulla tranquilla strada.

Scenderemo in drappello fino al viale, illuminati a tratti dalla luce intermedia dei lampioni, e poi, in pattuglie di amici, ci disperderemo senza più parlare.

Cammineremo di buon passo per le nostre strade abituali, qualcuno magari fischierà una canzoncina indifferente – dipendesse da me, canterei Three Imaginary Boys nella prima versione registrata dai Cure diciottenni in un garage – così che con un poco di fortuna la volante che perlustra il quartiere ad andatura ridotta potrà scambiarci per dei pacifici qualsiasi, ragazzi cittadini con le mani in tasca, quieti spiriti della domenica, felici di rincasare.

Poiché come dice il vecchio Vincent, pittore del Feyenoord e dell'Ajax, la storia dei ragazzi è come quella del grano, e anche se non saremo piantati in terra per germogliare, non importa, poiché noi saremo macinati lo stesso, e diventeremo pane.

Romanzi e Racconti

1. Maurizio Chierici, *Quel delitto in Casa Verdi*
2. Sébastien Japrisot, *Una lunga domenica di passioni*
3. Lucien Bodard, *I diecimila gradini*
4. Jim Harrison, *Società Tramonti*
5. Giovanni Arpino, *Il buio e il miele* (2ª ediz.)
6. Rosellen Brown, *Prima e dopo*
7. Gianni Brera, *Il mio vescovo e le animalesse*
8. Brian O'Doherty, *Lo strano caso di Mademoiselle P.*
9. Giorgio Capitani, *La fine dell'avventura*
10. Susanna Tamaro, *Va' dove ti porta il cuore* (30ª ediz.)
11. Leonard Simon, *Stati di dissociazione*
12. Luca Landò, *Ne ho ammazzati novecento*
13. Tonino Benacquista, *I morsi dell'alba*
14. Jim Harrison, *Un buon giorno per morire*
15. Rachel Billington, *Lesioni volontarie*
16. Erminia Dell'Oro, *Il fiore di Merara*
17. Maurizio Chierici, *Tropico del cuore*
18. James Crumley, *L'anatra messicana*
19. Ernst von Salomon, *I Proscritti*
20. Duccio Canestrini, *Il supplizio dei tritoni*
21. Michele Serio, *Pizzeria Inferno*
22. Susanna Tamaro, *Per voce sola*
23. Susanna Tamaro, *Per voce sola* (Tascabile, 13ª ediz.)
24. Jeffery Deaver, *Pietà per gli insonni*
25. Daniele Brolli, *Animanera*
26. James Lee Burke, *Prigionieri del cielo*
27. Alvaro D'Emilio, *Uomini veri*
28. James Gabriel Berman, *L'escluso*
29. Evgenij Evtušcnko, *Non morire prima di morire*
30. George Dawes Green, *Il giurato* (2ª ediz.)
31. Edwidge Danticat, *Parla con la mia stessa voce*
32. Nanni Balestrini, *Una mattina ci siam svegliati* (2ª ediz.)
33. Jim Harrison, *Vento di passioni*
34. Enrico Brizzi, *Jack Frusciante è uscito dal gruppo* (14ª ediz.)
35. Kaye Gibbons, *L'amuleto della felicità*
36. Massimiliano Governi, *Il calciatore*
37. Raul Rossetti, *Piccola, bella, bionda e grassottella*
38. Christopher Buckley, *Si prega di fumare*
39. Paolo Guzzanti, *I giorni contati* (2ª ediz.)

122. Melania G. Mazzucco, *La camera di Baltus* (2ª ediz.)
123. Alejo Carpentier, *L'Avana, amore mio*
124. Mario Tagliacozzo, *Metà della vita*
125. Elmore Leonard, *Fuori dal gioco*
126. Hanif Kureishi, *Sammy e Rosie vanno a letto*
127. Peppe Lanzetta, *Un amore a termine*
128. Carl Hiaasen, *Aria di tempesta*
129. Gianni Brera, *La ballata del pugile suonato*
130. Luigi Carletti, *Giuramento etrusco*
131. Jim Harrison, *Julip*
132. Margaret Atwood, *La donna che rubava i mariti*
133. Jean-Christophe Rufin, *L'Abissino*
134. Catherine Texier, *Fine di un amore*
135. Enrico Brizzi, *Tre ragazzi immaginari* (2ª ediz.)
136. James G. Ballard, *Il paradiso del diavolo*
137. Jarmila Očkayová, *Requiem per tre padri*
138. Sandra Petrignani, *Come fratello e sorella*

Stampato nell'ottobre 1998 per conto di
Baldini&Castoldi s.r.l.
da G. Canale & c. S.p.A. - Borgaro Torinese